조보, 백성을 깨우다

조보

안오일 지음

백성을 깨우다

다른

차례

글밭

"뭘 그리 보고 있느냐?"

댓돌 앞에 쭈그려 앉아 있던 결은 고개를 들었다. 할아버지와 눈이 마주쳤다.

"개미가 너무 힘들어 보여요."

"개미?"

할아버지는 손녀의 눈이 머문 곳으로 눈길을 돌렸다. 개미가 밥알 하나를 등에 지고 가고 있다. 뒤뚱거리며 나아가는 모습이 힘겨워 보인다.

"제가 개미집 앞에 옮겨 줄까 봐요."

"그냥 놔두거라, 짐이 밥이 되는 과정이니."

결은 무슨 말인지 알 수 없어 할아버지를 쳐다보았다. 할아버지는 하늘을 물끄러미 바라보며 말했다.

"저 쌀알 하나가 만들어지기까지는 여러 과정을 거쳐야 한다.

흙의 수고로움이 있어야 하고, 농부의 수고로움이 있어야 한다. 그리고 무엇보다 비바람을 견뎌 내는 인내의 시간이 필요하지. 이 모든 과정을 무시하고 쉽게 얻는 건 싸라기만도 못한 것이다."

결의 할아버지 이상선은 관아 아전으로 일하다 얼마 전 그만두었다. 집안 형편으로 보면 더 다녀야 하지만 곧은 성격상 그럴 수 없었다. 청렴하고 강직하기로 소문난 할아버지는 고을 사또의 비리를 보다 못해 스스로 자리를 내놓고 나와 버렸다. 아전들 중에는 세금을 빼돌려 제 곳간을 채우는 이도 있다. 하지만 할아버지는 며느리에게 삯바느질도 못 하게 했다. 남편이 나라의 녹을 먹는 기별 서리인데 아내가 부업까지 한다면 가난한 사람들의 일을 빼앗는 것과 같다고 했다. 그러니 먹고사는 것은 그럭저럭 문제가 없으나 집안의 부를 쌓는 건 꿈도 못 꿀 일이었다.

"남들은 뇌물도 갖다 바치면서 서로 차지하려는 자린데 그걸 박차고 나와?"

"애고, 결이 아비 벌이만으로는 다섯 식구 감당이 안 될 텐데……."

자리를 박차고 나온 할아버지를 보며 주위에서는 자신들이 더 아쉬워했다. 어린 결이 생각하기에도 할아버지를 이해할 수 없었다. 할아버지, 아버지, 어머니, 동생까지 다섯 식구가 먹고살기엔 아버지 혼자 벌이로는 빠듯해 보였다.

힘든 개미 도와주겠다는 말을 했다가 따끔한 설교를 들은 결은 당황스러웠다. 하지만 뭔가를 얻으려면 그만큼 노력해야 한다는 말은 마음에 와닿았다.

"개미야, 끝까지 잘 가지고 가렴."

결은 응원하겠다는 듯 주먹을 쥐어 보이며 자리에서 일어났다.

"결아!"

사립문 밖에서 덕배가 불렀다. 덕배는 이웃에 사는 동갑내기 남자아이다. 소꿉친구이기도 한 덕배는 어머니와 단둘이 살고 있다. 어머니들끼리도 친해 자주 오가며 지낸다.

결은 왜 그러냐고 눈으로 물었다. 덕배는 무슨 말을 하려다 옆에 서 있는 할아버지를 보고는 잠깐 나와 보라는 듯 손짓했다. 여차하면 할아버지 설교를 꼼짝없이 들을 수 있기 때문이다. 덕배는 할아버지를 볼 때마다 한 가지 이상의 잔소리 같은 설교를 들어야 했다. 옷매무새나 인사법 같은 행동거지에 대한 훈육이 대부분이다.

"왜 그러는데?"

덕배의 마음을 읽은 결이 가까이 다가가며 물었다.

"잠깐 우리 집에 좀 같이 가자."

무슨 일이냐고 물어보려는데 덕배는 이미 앞장서 걸었다. 결이네 뒷마당에서 보면 덕배네 앞마당이 바로 보이지만 집 안으로 들어가려면 사립문을 나와 골목으로 쭉 걸어가야 한다.

"너 그거 뭐야?"

앞서가던 덕배가 뒤돌아보며 대답했다.

"뭐?"

"손에 든 거 말이야. 댕기 같은데?"

얼굴이 새빨갛게 달아오른 덕배는 손에 든 물건을 얼른 주머니에 넣고는 얼버무렸다.

"아, 아니. 아무것도 아냐……."

"아니긴. 지금 사 오는 길이야? 네가 하진 않을 거고……. 너 누구 생겼냐?"

"생기긴 누가 생겨. 얼른 오기나 해."

결이 꼬치꼬치 묻자 덕배는 당황한 채 빠른 걸음으로 걸었다.

덕배에 대해 모르는 게 없다고 생각한 결은 좀 의아했지만 덕배의 그런 변화가 왠지 싫지 않아 픽 웃음이 나왔다. 그래, 이제 비밀이 생길 나이도 됐지.

"나 글자 좀 써 줘."

덕배는 종이와 붓을 내밀었다.

"무슨?"

"그게……."

"어휴, 이 답답이. 말을 해야 써 주지."

"무…… 명……."

"무명? 그게 뭔데?"

"묻지 말고 그냥 써 주면 안 돼?"

"알았어. 그런데 너 이번이 두 번째다. 저번에는 내 이름 써 달라고 하더니 이번엔 무명? 이것도 누구 이름이야? 누군데? 아, 안물어보기로 했지."

결이 종이에 '무명'을 쓰자 덕배가 다시 주문했다.

"옆에다 한자로도 써 줘. 없을 '무'에 이름 '명'이야."

"야, 그럼 이름이 없다는 뜻이잖아. 누구 이름인지는 몰라도 좀 그렇네."

결은 덕배의 주문대로 한자로도 써 주며 씩 웃었다.

"결이 왔구나."

덕배 어머니가 부엌에서 밥상을 들고 나오며 결을 반겼다.

"마침 잘됐구나. 같이 한술 뜨고 가거라."

덕배 어머니가 방으로 먼저 들어가며 말했다. 밥에서 김이 모락모락 솟아올랐다. 구수한 된장국 냄새가 살랑살랑 코를 간질였다. 결은 입맛을 다셨다. 셋은 둘러앉아 밥을 먹기 시작했다.

"이러고 먹고 있으니 우리 꼭 한식구 같다."

덕배가 밥숟가락을 떠 넣으며 환하게 웃었다.

"한식구나 다름없지, 뭐. 철은 내가 더 든 거 같으니 난 누나고, 넌 아우고."

결이 웃으며 말했다. 덕배가 못마땅한 듯 볼멘소리로 받아쳤다.

"한다면 내가 오라버니고, 네가 누이지. 내 덩치가 어떻게 네 아우냐?"

"내가 보기엔 결이 말이 맞는다. 네가 어딜 봐서 결이 오라비냐. 오라비가 누이한테 글씨 써 달라고 하는 건 아니지 싶은데?"

덕배 어머니가 비꼬듯 쏘아붙였다. 할 말이 없어진 덕배는 시무룩한 표정으로 어머니를 쳐다보았다.

"그러니까 만날 결이한테 써 달라고 하지 말고, 글을 배워서 쓰면 좋잖아."

"난 글 안 배워도 돼요. 머리 복잡한 건 딱 질색이니까. 대신 결이가 잘 쓰잖아요."

결이 어이없다는 표정으로 덕배를 쳐다보았다.

"내가 옆에 없으면 어떡하려고?"

"그러니까 내 옆에 딱 붙어 있으면 되잖…… 아얏!"

덕배 말이 끝나기도 전에 꿀밤이 날아들었다.

"요놈아, 그걸 말이라고 하냐?"

아파 죽겠는지 덕배는 양 볼에 밥을 잔뜩 문 채 머리를 벅벅 문질렀다.

"결이 공부할 때 같이 배우면 얼마나 좋아. 결이 아버지가 와서 같이 배워도 좋다고 했잖아. 굴러온 복을 발로 차도 유분수지. 발은 복을 차 버리라고 있는 것이 아니다."

결의 아버지 이필선은 기별청에서 일하는 기별 서리다. 승정원에서 그날그날의 주요 소식을 묶어 한양과 지방 관청에 배포하는 신문을 '조보'라고 하는데, 이 조보를 만드는 곳이 기별청이다. 이필선은 승정원에서 보내온 기삿거리로 필사본 만드는 일을 하고 있다. 이필선은 늦은 시간에 퇴청하지만 않으면 딸에게 글을 가르치고 있다. 결이 배우는 속도가 빨라 지금은 《논어》를 공부하고 있다.

"제 머리는 배울 수 있는 머리가 아니란 말이에요."

"공부하는 머리가 따로 있다더냐?"

"전 하나를 배우면 두 개를 까먹는 머리란 말이⋯⋯."

갑자기 덕배의 눈이 휘둥그레졌다. 우당탕, 밖에서 큰 소리가 났다. 덕배 어머니를 따라 덕배와 결이 밖으로 나왔다. 험상궂게 생긴 남자 둘이 마당에 서 있었다. 놀란 덕배 어머니가 다가가 물었다.

"무슨 일이시오?"

남자가 덕배 어머니 앞으로 다짜고짜 종이 한 장을 내밀었다.

"이게 뭐요?"

"당신 남편이 우리한테 쌀을 빌렸다는 차용증이니 보시오."

덕배 어머니는 몹시 당황한 표정으로 아무 말도 하지 못했다. 덕배 아버지는 열 달 전에 급작스러운 병으로 세상을 떠났다. 그런데 이제야 차용증을 보이며 빚 독촉을 하는 이 상황이 어리둥절하기만 하다.

"갚아야 할 쌀은 열 섬이오. 매달 그믐에 한 섬씩 받으러 올 테니 그리 아시오."

덕배 어머니는 또 한 번 놀란 듯 입을 다물지 못했다.

"아, 아니 열 섬이라니. 덕배 아버지가 우리 형편에 그리 많이 빌렸을 리가 없소. 그랬다면 분명 나한테 말을 했을 텐데……."

"빌리기는 한 섬을 빌렸소만 제때 갚지 않아 열 섬이 됐소. 한 달에 한 섬씩 이자가 붙는다고 분명히 이 차용증에 적혀 있으니 확인해 보시오."

덕배 어머니는 떨리는 손으로 차용증을 받아 들었지만 당최 무슨 말인지 알 수 없었다. 창백해진 얼굴로 차용증을 결이 앞으로 내밀었다. 덕배 아버지 손도장까지 찍혀 있는 차용증에는 빌린 건 한 섬이라고 분명히 적혀 있었다. 그런데 그 밑에 작은 글씨로 제때 갚지 못할 경우 그에 대한 이자가 한 섬이라고 적혀 있다.

"정말 저 사람들 말이 맞는 거냐?"

결이 아무 말도 하지 못하자 덕배 어머니의 몸이 휘청했다. 덕배가 얼른 부축했다. 남자가 결의 손에 있는 차용증을 낚아채듯 가져가며 말했다.

"아무튼 빌려 간 뒤로 소식이 없어 기다리다 온 것이니 이달 그믐까지 준비해 두시오."

"이보시오, 빌린 건 한 섬인데 열 섬을 갚으라니 이게 무슨 소리란 말이오. 우리 집 양반이 그런 조건에 빌렸을 리가 없소."

덕배 어머니는 믿을 수 없다는 듯 고개를 저으며 하소연했다.

"차용증은 괜히 있는 게 아니오."

차용증을 흔들어 대며 말한 뒤 두 남자는 그대로 가 버렸다. 덕배 어머니는 그 자리에 털썩 주저앉았다.

"아이고, 이게 무슨 날벼락이냐."

"아주머니, 분명 아저씨는 그렇게 터무니없는 조건은 몰랐을 거예요. 아저씨는 글자를 모르잖아요. 게다가 밑에 아주 작은 글씨로 써 놓았는데, 글을 안다 해도 모르고 지나칠 수 있어요. 분명 작정하고 속인 거예요. 나쁜 놈들……."

결은 화가 났다. 뻔한 살림이라는 걸 알 텐데, 이자를 두 배도 아니고 열 배를 얹혀 받으려고 한다. 글을 모르는 걸 이용해 속인 거다. 아니 글자의 힘을 악용한 거다.

결은 얼마 전 아버지와 공부하면서 나눈 대화가 떠올랐다.

"너는 글을 왜 배우느냐?"

공부할 양을 내주면 또박또박 예습까지 해 오는 딸을 보며 아버지가 물었다. 어머니는 여자가 글을 배워 어디에다 쓰려고 하느냐며 못마땅해했다. 하지만 아버지는 아는 만큼 보이고 들린다며 배우려는 결의 뜻을 선뜻 받아 주었다.

결은 잠시 생각한 뒤 대답했다.

"처음 책을 들여다봤을 때는 불빛 하나 없는 깜깜한 방에 혼자 있는 기분이었어요. 누군가 입을 벌려 말하는데 내 귀에는 하나도 안 들리는 것처럼 답답했어요. 그러다 그 글자들이 무슨 말을 하는지 알고 싶었어요. 그래서 글을 배우고 싶었어요."

"글에는 힘이 있다."

"네?"

"사람을 죽이는 힘이 될 수도 있고, 살리는 힘이 될 수도 있지."

"그게 무슨 뜻이에요?"

"세종대왕께서 우리글을 만든 이유 가운데 가장 중요한 게 뭐라 했느냐?"

"백성들이 무지해 무엇이 죄가 되는지도 몰라 억울한 일을 자주 당하니 깨우치게 하려고……."

"그렇지. 글에는 그리할 힘이 있지만 그 힘이 잘못 쓰이면 더 억울한 일을 당하게 된다."

"그 말씀은 거짓된 글을 쓰면 안 된다는 거지요?"

"그래, 독과 약은 따로 있지 않고 그 쓰임에 따라 나눠지는 법이지. 생명을 키우고 살리는 밭처럼 글도 그리 써야 한다. 그러니 너도 그 점을 잊지 말거라."

결은 글을 열심히 배워 제대로 쓰겠다고 다짐했다.

"그렇다면 차용증은 거짓이잖아. 아버진 정말 모르고 당한 게 분명해."

덕배가 씩씩대며 말했다.

"그런데 지금 그걸 증명할 방법이 없잖아……."

결이 덕배 어머니를 일으키며 말했다. 덕배는 분한 마음에 자기 가슴을 퍽퍽 쳐 댔다.

덕배가 어머니를 모시고 방으로 들어가자 결은 덕배네 집을 나와 걸었다. 할아버지가 노력 없이 뭔가를 얻는 건 싸라기만도 못하다고 한 말이 떠올랐다. 그놈들이 싸라기만도 못한 것을 얻으려고 남의 눈에서 피눈물 나게 하는 거네. 결은 덕배네 힘든 사정을 알기에 더욱 분통이 터졌다.

두 개는
네 개가 아니다

"어머니, 외숙부 왜 왔다 가신 거예요?"

사립문 나서는 외숙부를 보며 결이 물었다. 어머니는 대답 대신 인상을 찌푸렸다. 결은 그런 어머니 얼굴을 보며 더는 묻지 않았다. 외숙부가 다녀가는 날이면 어머니 기분은 늘 좋지 않다.

관아 이방으로 있는 결의 외숙부 김완용은 사또 비위 맞춰 가며 자기 실속 챙기기에 혈안이 되어 있었다. 온갖 구실을 내세워 세금을 거둬들이는 데 앞장서고, 어려운 이들에 대한 배려도 아예 없다. 그러다 보니 김완용에게 사람들의 불만은 쌓여 가고 입에 오르내리고 있다.

김완용은 누이 시댁이 마음에 들지 않는다. 아전 집안이기에 시집을 보냈는데, 세상 물정 모르는 대쪽 같은 성격의 사돈어른에 그에 못지않게 답답한 매제가 영 탐탁지 않다. 재물에 대한 욕심도 없고 알량한 자존심만 내세우니 못마땅한 마음에 누이만 보면 잔소리를 퍼붓는다. 그러니 결의 어머니는 친정 오라버니 만나는 일이 영 반갑지 않다.

또 무슨 말을 들었기에 어머니 표정이 저럴까? 결은 외숙부만 왔다 가면 집안 분위기가 안 좋아지니 외숙부의 방문이 불편하기만 하다. 작년에 외숙부가 한 말이 떠올랐다.

"너는 세상 물정 아는 이에게 시집가거라. 그런 조카사위라도 봐야지, 원."

"전 혼인을 하게 되면 아버지처럼 정의로운 분하고 할 겁니다."

외숙부는 한심하다는 표정으로 결을 쳐다보았다.

"그러다간 네 어미 꼴 난다."

결은 더는 대꾸하기 싫어 아무 말 하지 않았다. 외숙부는 자기 식대로 살지 않는 사람은 다 한심하다는 거야? 치, 그런 게 어딨어. 결은 외숙부 같은 사람이 어머니의 오라버니라는 게 믿기지 않는다.

"저 나가서 담이 좀 찾아볼게요. 날이 저무는데 여태 안 들어오네요."

이럴 때는 어머니 혼자 있게 자리를 피해 주자 싶어 일부러 남동생을 찾아 나섰다. 일곱 살이면 이제 철이 들 만한 나이인데, 담은 눈치가 없고 장난이 심한 개구쟁이다. 하지만 심성은 누구보다 착해 누나 말을 잘 따른다. 결은 그런 동생을 늘 보살피며 예뻐한다. 무슨 일이 있어 화를 내다가도 넉살을 떠는 귀여운 모습에 금방 풀려 버리곤 한다.

한번은 동생을 데리고 뒷산으로 바람을 쐬러 갔는데, 노란 수선화가 언덕을 물들이고 있었다. 그 향에 흠뻑 취해 있던 결은 담이 쪽을 보다가 얼굴이 굳어졌다. 담의 발아래 수선화 꽃잎이 소복이 쌓여 있었다. 담이 뚝뚝 뜯어내지 않고서야 저리될 리가 없다. 결은 화가 났다.

"꽃을 이렇게 못살게 괴롭히면 어떡해!"

결이 야단치자 담이 움찔하며 둘러댔다.

"난 그냥 꽃이 예뻐서 만져 줬을 뿐이야. 누나가 나 예쁘다고 머리 만져 줄 때처럼……."

담의 귀여운 변명에 결은 웃고 말았다.

결은 집 밖으로 나와 마을 어귀 상수리나무 아래로 갔다. 담은 누나가 온 것도 모른 채 또래 아이와 놀고 있었다.

"자, 눈 감아."

나무로 만든 작은 통에 쪽지들이 꽂혀 있다. 둘은 눈을 감은 채 쪽지를 하나씩 뽑았다. 담은 눈을 뜨고 자기 쪽지와 친구 쪽지를 번갈아 살폈다. 담의 쪽지에는 '이'가 적혀 있고, 친구 쪽지에는 '사'가 적혀 있다.

"나는 네 개고, 너는 두 개야. 그러니 네가 나한테 구슬을 두 개 줘야 해."

둘은 구슬 따먹기를 하고 있었다. 그런데 담이 글을 모르는 아이에게 쪽지를 펼쳐 보이며 버젓이 거짓말을 하고 있다. 담은 할아버지에게 글을 배우고 있다. 얼마 전에 천자문까지 뗀 담이 모를 리가 없다. 아이가 속상한 표정으로 구슬 두 개를 담이 앞에 내밀었다. 담이 눈을 반짝이며 구슬을 집으려 할 때 뒤에서 지켜보던 결이 잽싸게 낚아챘다.

"이담!"

"누, 누나."

담은 누나가 왜 그러는지 알기에 아무 말도 하지 못한 채 서 있었다. 결이 구슬을 아이에게 돌려주고는 먼저 보냈다.

"누나, 할아버지한테 안 이를 거지?"

담은 불안한 표정으로 누나를 빤히 쳐다보았다. 대를 이을 손자가 담이 하나뿐이라 할아버지는 글공부뿐만 아니라 생활 태도와 인성 교육까지 직접 가르쳤다. 할아버지는 남을 속이거나 거짓말하는 걸 제일 싫어한다.

담의 속임수는 덕배네가 억울한 일을 당하는 걸 옆에서 본 결을 더욱 화나게 했다.

"뭘 잘못했는지는 아는 거야?"

담은 천천히 고개를 끄덕였다.

"너 이러는 거 할아버지나 아버지가 아시면 그대로 안 넘어간다는 거 알지?"

"누나 제발 이르지 말아 줘……."

담은 두 손을 싹싹 비벼 가며 울먹였다.

"그럼 집에 가면 할아버지 오시기 전에 지난번에 배운 내용 다 외워 놔야 해."

"응, 알았어."

담은 활짝 웃으며 고개를 크게 끄덕였다. 초상집에 간 할아버지는 내일 돌아온다. 그러면 바로 담을 앉혀 놓고 밀린 공부를 시작할 것이다. 할아버지는 공부를 시작하면 꼭 전날 배운 내용을 먼저 물어보는데, 그럴 때마다 담은 제대로 대답하지 못해 야단맞곤 한다. 결은 이번에는 복습을 시켜 담이 칭찬을 듣게 해 주고 싶다.

"저게 무슨 소리냐?"

퇴청한 이필선이 부엌으로 들어가려던 결에게 물었다. 결은 아버지가 가리키는 작은방을 바라보면서 웃었다.

"담이 책 읽는 소리예요."

그걸 몰라 물어보는 게 아니라는 듯 이필선은 결을 빤히 쳐다보았다.

"할아버지 오시기 전에 복습한다고 하더니 저렇게 열심히 하네요."

"허허, 녀석 또 뭔가 잘못한 일이 있는 모양이구나."

이필선은 딤이 스스로 공부할 리 없다는 걸 안다. 필시 잘못한 일이 있어 결이 시켰음을 알아챈 것이다.

"저 좀 보세요."

부엌에서 나오던 결의 어머니가 남편에게 말하고는 방으로 먼저 들어갔다. 이필선은 결을 쳐다보았다. 무슨 일이 있었냐고 묻는 표정이다. 결은 고개를 흔들려다 생각난 듯 말했다.

"아까 외숙부가 다녀가셨어요."

순간 이필선의 안색이 굳어졌다. 김완용이 다녀가면 이필선은 늘 아내와 말다툼을 하게 된다. 김완용은 올 때마다 자신의 누이에게 잔소리를 늘어놓고, 그럴 때마다 결의 어머니는 답답한 마음에 남편에게 하소연했다. 가운데에 끼어 난처한 아내의 입장을 모르지는 않으나 이필선은 김완용과는 늘 뜻이 맞지 않는다. 아니 뜻이 맞지 않을 뿐만 아니라 심히 못마땅하다. 오늘은 또 무슨 말을 하고 갔을지 이필선은 내심 불안해하며 방으로 들어갔다.

"당신과 아버님 뜻은 알지만 어쩌다 한 번이라도 오라버니 뜻에 좀 맞춰 주면 안 돼요? 그러니 이번 한 번만 들어주세요."

결의 어머니는 자리에 앉은 남편을 보며 대뜸 말했다.

"무슨 소리요?"

"낮에 오라버니 다녀갔어요."

"결이한테 들어 알고 있소."

선뜻 이야기를 꺼내지 못하고 머뭇거리는 아내를 보며 이필선은 헛기침을 했다.

"저기, 오라버니 말이 내일 승정원에서 조보에 실을 기사를 보내오면 그중 여기 사또에 대한 상소 건이 있을 거랍니다. 당신이 필사하면서 내용을 좀 바꿔 달라고……."

이필선의 표정이 굳어졌다. 그러고는 아내를 뚫어져라 쳐다보았다. 자신이 그 부탁을 들어줄 거라 생각하고 말하는 거냐며 타박하는 표정이다.

"어떻게 말이오?"

이필선은 어이없다는 투로 물었다.

"미룬 세금을 거둬들인 것일 뿐이니 삭제하는 게 안 되면 탈취했다는 말만이라도 빼 달라고……."

조보에는 그날그날 임금의 명령이나 인사 이동, 상소문이나 상소문에 대한 임금의 지시뿐만 아니라 지방에서 올라온 소식들까지 실린다. 승정원에서 버릴 건 버리고 취할 건 취해 작성한 조보의 기사에 정치 권력가들은 매우 민감했다. 잘못했다가는 자신의 치부가 만천하에 드러날 수도 있기 때문이다. 그러다 보니 권세가들은 승정원의 승지나 조보 기자인 주서를 비롯해 기사를 필사하는 기별 서리들을 공격하기도 했다. 자신들의 악행이 드러나거나 불리한 내용의 기사가 세상에 퍼지지 못하게 통제하고, 나아가 자신들에게 유리한 방향으로 바꿔 필사하게 하는 등 진실한 정보에 대한 탄압을 저지르기도 했다.

"당신 제정신이오?"

이필선은 앞에 놓인 책상을 탁, 치며 소리쳤다. 놀란 아내는 얼굴이 벌게지더니 금방이라도 눈물을 쏟을 것 같은 눈으로 이필선을 빤히 보았다. 남편에 대한 서운함이 가슴에 차오르는지 울먹이며 말했다.

"당신이 들어주지 않으면 오라버니가 사또한테 미움을 사 어떻게 될지 모른다는데 너무 야박하신 거 아니에요? 많이도 아니고 글자 몇 개 바꾸는 건데……."

"그런 말 마시오. 그 글자 몇 개에 사람이 죽을 수도 있고, 살 수도 있소."

아내는 원망에 찬 눈으로 이필선을 쳐다보았다. 글자 몇 개 가지고 비약이 너무 심한 것 아니냐는 눈빛이다.

"글은 백성의 눈이 되어야 하오."

이필선의 말에 아내는 눈에 힘을 주며 쏘아붙였다.

"제 눈은 안 보이세요? 당신은 늘 우리 친정 일에는 이리 매몰차네요."

아내의 말에 이필선은 더 말하려다 그만두었다. 아내가 원래 그런 사람이 아니라는 걸 안다. 늘 친정 오라버니에게 쓴소리를 들으니 지치기도 했을 것이다. 가운데서 이러지도 못하고 저러지도 못하고 속만 끓였을 것이다. 하지만 안 되는 일은 안 되는 것이다. 이필선은 더는 들을 필요 없다는 표시로 책을 펴 들었다.

"누나, 아버지 왜 화났어? 어머니한테 화낸 거 맞지?"

책을 읽다 방에서 나온 담이 결에게 물었다. 방문 앞에서 부모님의 이야기를 듣고 있던 결은 동생을 데리고 사립문 밖으로 나왔다. 바람이 시원하게 불어왔다.

"아버지는 어머니한테 화낸 게 아니야."

"그럼?"

"두 개가 네 개로 될 수는 없다는 거야."

낮에 담이 친구를 속인 일을 떠올리며 결이 말했다.

"뭐야, 아까 일 또 얘기하는 거야? 내가 잘못했다고 했잖아."

결은 웃으면서 담의 머리를 쓰다듬어 주었다.

"그게 아니고, 아버지는 옳지 않은 일에 대해 화내고 있다고 말하는 거야."

"그럼 어머니가 옳지 못해?"

"그런 건 아니고……."

"에이, 왜 말을 그렇게 해? 좀 알아먹기 쉽게 얘기해 줘야지."

"그러게, 내가 왜 말을 이렇게 어렵게 하지? 미안하다, 아우야."

결은 쓸쓸하게 웃으면서 말했다. 그러면서 아버지 말을 다시 한 번 되뇌었다. 글은 백성의 눈이 되어야 한다. 글쓰기를 좋아하는 결에게 매력적인 말이다. 가슴에 새겨서 늘 잊지 않아야겠다고 다짐했다. 결은 아버지가 존경스럽다.

"누나!"

담이 생각에 빠져 있는 결을 툭 쳤다.

"응?"

"저 달은 왜 동그랄까?"

결은 고개를 들어 하늘을 쳐다보았다. 어느새 둥근 달이 휘영
청 떠 있었다. 둥근 달을 보니 전에 아버지와 공부하다가 사발통
문에 대해 들은 게 생각났다. 사발통문은 주모자가 누구인지 알
수 없도록 동그란 사발을 뒤집어 놓고, 그 원을 중심으로 참가자
들의 이름을 적어 넣은 통문을 말한다.

"음……, 달빛을 골고루 나눠 주려고 동그란 게 아닐까?"

"동그래야 골고루 나눠 줘?"

"응, 동그란 모양은 어디서 보나 똑같으니까."

"그럼 우리 눈알은 왜 동그래?"

말꼬리 잡고 물어보기를 잘하는 담이 눈에 힘을 주며 말했다.
결은 눈을 크게 뜨고 담을 쳐다보며 장난스럽게 말했다.

"이리저리 잘 굴려서 한쪽만 보지 말고 골고루 살피라고 둥글
지 않을까?"

결은 담의 볼을 살짝 꼬집으며 안아 주었다.

필사의 의미

결은 책상 서랍에서 종이 뭉치를 꺼냈다. 아버지가 퇴청하면서 가끔 가져오는 조보 필사본을 결이 모아 두었다. 사람들이 아버지가 필사한 기사를 읽고 세상 돌아가는 소식을 알게 된다는 생각을 하면 가슴이 뛴다. 그래서 결은 이 조보들을 소중하게 보관하면서 가끔 이렇게 꺼내 보곤 한다.

말이 끄는 호화로운 수레를 타고 다니는 자들이 많다. 심지어 병마절도사(지역 사령관)까지 그러한 수레를 타고 다닌다. 전쟁이 일어나면 안장 없은 군마를 타고 쌩쌩 달리며 창칼을 휘두를 수나 있을지 심히 걱정된다.

조보에 실린 기사 가운데 하나다. 말이 끄는 호화로운 수레를 타고 다니는 병마절도사를 비판하는 동시에 이를 금지해야 한다는 내용이다.

결은 생각했다. 만약 조보가 없었다면 이런 자들은 더 많이 생겨났을 것이다. 조보를 통해 세상에 알려지고 비판의 목소리가 나와야 비리를 마음 놓고 저지를 수 없게 된다. 사람들의 눈과 귀가 되어 주는 조보를 필사하는 아버지 일은 정말 매력적이다. 결은 자신이 세상에 나아가 일을 하게 된다면 아버지와 같은 일을 하고 싶다. 세상에서 일어나는 일들을 기록하고 알리고 싶다. 그래서 이 조보들을 여러 번 베껴 써 보았다.

"변화는 아는 만큼 이루어지는 법이다. 또한 아는 만큼 속지 않게 되지. 그러니 백성들도 알아야 한다. 안 좋은 일은 되풀이되지 않기 위해 알아야 하고, 좋은 일은 널리 퍼지도록 하기 위해 알아야 한다. 그러다 보면 더 살기 좋은 세상이 되지 않겠느냐."

결은 아버지가 했던 말을 떠올렸다.

"누나, 그게 뭔데 그렇게 보고 있어?"

담이 어느새 들어와 옆에 앉았다.

"응? 아, 아니야."

"혹시 덕배 형이 편지 보낸 거 아니야? 누나 좋아한다고."

담이 히죽 웃었다.

"요 녀석아, 덕배가 글도 모르는데 무슨 수로 편지를 쓰겠냐?"

"헤헤, 그건 그렇네. 그런데 글자를 왜 이렇게 갈겨써 놨어? 하나도 못 알아보겠어."

담이 조보를 가리키며 물었다. 글자를 겨우 읽을 수 있는 사람은 알아보지 못할 정도로 흘려 쓴 초서체다. 이왕이면 쉽게 읽을 수 있게 만들면 좋을 텐데, 왜 이렇게 초서체로 쓸까?

결은 빈 종이와 붓을 꺼내 들었다. 바로 조보에 있는 내용을 정자체로 옮겨 적었다. 그러자 담이 찬찬히 읽기 시작했다.

"그런데 그건 뭐야?"

결이 담의 손을 쳐다보며 물었다.

"아, 이거 뒷산에서 가져온 도토리야. 다람쥐도 봤어."

"다람쥐가 나왔어? 봄이 오나 보네. 그런데 도토리는 왜 가져왔어?"

"그냥 귀여워서……."

"이렇게 가져오면 안 되지. 다람쥐가 봄에 나와서 먹으려고 보관해 놓은 식량이잖아. 다신 그러지 마."

담은 누나에게 야단맞자 뾰루퉁해져서는 밖으로 나가 버렸다. 결은 들고 있던 조보를 펼쳤다. 그러고는 가장자리에 작은 글씨로 썼다.

뒷산에 다람쥐가 기지개를 켜고 나왔다. 봄이 오고 있다.

결은 자신이 조보를 만든다면 이런 봄소식도 알리고 싶다. 희망차고 알록달록 색색의 사연을 곁들인 소식지라면 훨씬 좋을 것 같다.

"결이 좀 들어오너라."

이필선은 퇴청하자마자 방으로 들어가며 딸을 불러들였다. 결은 무슨 일인지 궁금한 표정으로 따라 들어갔다. 결이 자리에 앉자 이필선이 대뜸 물었다.

"아비가 하는 일이 무엇이더냐?"

결은 아버지를 쳐다보았다. 설마 내가 모를 거로 생각해 물어보는 건 아닐 텐데, 갑자기 왜? 결은 의아한 표정으로 대답했다.

"조보를 만드는 일입니다."

"조보가 무엇이더냐?"

"승정원에서 그날그날 작성한 소식을 받아 필사해……."

"그럼 필사란 무엇이냐?"

아버지는 뻔히 아는 것들을 연거푸 물어본다. 그래서 당황스럽지만 결은 아는 대로 또박또박 대답했다.

"책이나 문서에 있는 글을 옮겨 적는 일입니다."

고개를 끄덕이던 이필선은 다시 진지하게 말했다.

"필사는 글을 단순히 베껴 쓰는 게 아니다. 그 글이 뜻하는 바까지 생각하며 옮겨 적는 일이다. 그러니 필사라는 작업은 그저 붓을 놀리는 일이 아닌 것이야. 글의 본뜻이 제대로 옮겨질 수 있도록 책임감을 가져야 한다."

"네……."

결은 아버지 표정을 살폈다. 도대체 무슨 말씀을 하려고 이러는 걸까?

"결이 너, 필사할 수 있겠느냐?"

결은 아버지가 무슨 말을 하는지 이해되지 않았다. 필사라고? 무슨 필사를 말하는 거지?

"필사할 책이라도 있는 건가요?"

"책이 아니다."

책이 아니라면 설마 조보……? 결은 놀란 표정으로 아버지를 쳐다보았다. 맞아요, 아버지? 결은 눈으로 물었다. 이필선은 딸의 생각을 읽은 듯 고개를 끄덕였다.

"기별 서리 몇이 갑자기 그만두는 바람에 필사가 많이 밀렸단다. 임시로 일할 사람을 급하게 구하려다 보니 쉽지 않아 그런다. 아무한테나 맡길 수도 없는 노릇이고."

결은 머리가 멍했다. 지금 무슨 말을 들은 거지? 필사? 내가 글을 쓴다고? 내가 조보 만드는 데 함께한다고?

"그리 오래는 아닐 것이야. 당분간이면 된다."

결은 머릿속이 어지러워 눈만 깜박였다.

"왜, 못 하겠느냐?"

결이 대답이 없자 이필선이 다시 물었다. 그러자 화들짝 놀란 결은 눈을 동그랗게 뜨고는 말했다.

"아, 아니요. 할 수 있어요. 해 볼게요."

이필선은 결이 자신의 자식이어서가 아니라 학습이 빠르고 글씨를 잘 쓰는 딸에 대한 믿음이 있었다. 글을 대하는 마음가짐도 바르니 필사를 하는 데 부족함이 없으리라 판단했다.

결은 벌써부터 심장이 콩닥콩닥 뛴다. 구름 위에 앉아 하늘을 날고 있는 것 같다. 비록 길지 않은 시간일지라도 필사를 할 수 있다는 게 꿈만 같다. 이미 기별 서리라도 된 듯한 기분이다. 누구보다도 잘 해낼 거야. 결은 다짐하고 또 다짐했다.

"안 서리, 일전에 말한 내 여식이네. 자네가 잘 지도해 주게. 당분간 이 아이의 손이라도 빌려야 하지 않겠나. 웬만큼은 할 걸세."

이필선은 평소 기별청에서 가장 믿고 아끼는 후배 안승우에게 딸을 부탁했다.

"네, 알겠습니다."

긴장한 결은 크고 둥그런 눈만 끔벅였다. 안승우는 결의 모습을 잠시 쳐다보았다. 아담한 키의 여자아이지만 야무지고 당차 보인다. 직속 선배인 이필선의 인품과 일에 대한 마음가짐을 잘 알기에 필사 능력은 믿어도 될 성싶지만, 세상 물정 모를 것 같은 열네 살 여자아이가 잘 해낼까 싶은 염려도 생긴다.

이필선이 자리를 비우자 안승우는 결을 한쪽 책상으로 데리고 갔다. 책상 위에는 필사해야 할 조보가 있다.

"난 기별 서리 안승우라고 하오."

"저는 이결입니다."

결은 고개를 숙인 채 말했다.

"같이 일을 하려면 서로 얼굴은 알아야 하지 않겠소?"

계속 고개를 숙이고 있는 결에게 안승우가 살짝 웃으며 말했다. 그제야 결은 고개를 들고 안승우를 쳐다보았다. 건장한 젊은 남자의 모습에 결은 금세 얼굴이 붉어졌다. 선한 눈매에 반듯한 인상이 결의 마음에 확 꽂혔다. 생각이 깊어 보이고 말을 허투루 하지 않을 분위기다. 나이가 어린 자신에게 하대하지 않는 것도 마음에 든다.

"네, 나리."

결은 수줍은 듯 작은 목소리로 말했다.

"나리는 무슨, 그냥 선배라고 부르시오."

선배? 이분이 나의 선배? 결은 마치 고백이라도 받은 것처럼 마음이 설렜다. 외모만 출중한 게 아니라 마음 씀씀이도 그에 못 지않다. 일을 잘해서 인정도 받고 칭찬도 받으리라 결은 다짐해 본다.

"당분간이라도 이곳에서 일하게 되었으니 명심해야 할 사항을 짚어 주겠소."

"네."

"조보는 그날그날의 소식을 전하기에 신속함이 생명이오. 그리고 무엇보다 있는 그대로를 옮겨야지 더 보태거나 거짓으로 쓰면 안 되오."

결은 안승우의 얼굴을 바라보았다. 말하는 품새에서 그가 얼마나 곧은 성격의 사람인지 가늠할 수 있었다. 아버지가 왜 신임하는지도 알 것 같다.

"네, 명심하겠습니다."

"관아로 보낼 조보 필사가 밀렸으니 서둘러야겠소. 조보가 부족한 관아에서 추가로 보내 달라 요청한 것도 있으니……."

안승우는 종이 한 장을 결의 앞에 펼쳐 놓았다. 결은 한번 써 보라고 말하는 안승우의 눈빛을 읽어 내곤 붓을 들었다. 결이 조보를 필사하는 모습을 유심히 지켜보던 안승우는 검지로 책상을 톡톡 쳤다. 결은 멈추고 안승우를 쳐다보았다.

"그렇게 써 내려가서야 언제 다 쓰겠소."

결은 자신이 써 놓은 글자를 조보와 비교해 보았다. 조보 글씨체보다는 반듯한 필체다. 하지만 평소 조보를 보면서 흘려 쓴 글씨체가 못마땅했던 결은 정자체로 써 보고 싶다.

"너무 흘려 쓰면 못 읽는 사람들이 많으니……."

안승우는 생각지 못한 말이라는 듯 결을 쳐다보았다. 자신을 바라보는 안승우의 시선에 어색해진 결이 고개를 숙였다. 잠시 생각에 잠겨 있던 안승우가 낮은 목소리로 말했다.

"어차피 조보는 읽을 사람들에게만 보내지잖소. 필사량을 감당하기 힘드니 흘림체로 빨리 쓰시오. 이곳의 규칙이 그러하니……."

결은 고개를 들고 정색하며 말했다.

"나라가 돌아가는 사정은 임금이나 사대부만이 알아야 하는
게 아니지요. 백성들도 알아야 합니다. 이 나라는 임금이나 사대
부만의 나라가 아니라 백성들의 나라이기도 하니까요. 그런데 이
렇게 흘려 쓰면 백성들은 제대로 읽을 수가 없습니다."

거침없이 쏟아 내는 결의 말에 안승우는 놀란 표정이다. 아무
말 없이 자신을 보고 있는 안승우의 모습에 결은 좌불안석이다.
평소 가지고 있던 생각을 무심결에 내뱉어 버렸다. 내 말대꾸가
건방졌나? 처음 본 선배한테 너무 함부로 얘기했나? 이대로 쫓겨
나면 어떡하지? 하지만 틀린 말은 아니잖아. 아버지도 그랬어. 백
성의 무지는 나라를 좀먹는 나쁜 벌레와 같다고.

결이 공부하겠다고 했을 때 탐탁지 않게 여기던 할아버지와 어
머니와는 다르게 아버지는 반기며 직접 가르치겠다고 했다. 여자
도 배워서 제 나름의 할 일을 할 수 있어야 한다는 소신을 가진
이필선이기에 가능했다.

"자네 생각은 잘 들었네만 여기선 여기 규칙대로 써야 하네. 안
그러면 이 일을 할 수 없게 될 수도 있으니……."

안승우는 여전히 결을 뚫어져라 쳐다보며 말했다.

"네……."

결은 이 정도 말을 들은 것이 다행이다 싶어 안도의 한숨을 내

쉬었다. 그러면서도 조금은 실망스러웠다. 올바르게 판단하고 행동하는 선배일 것이라 생각했는데 그게 아닌 것 같았다. 내가 잘못 본 거야. 그저 자리를 차지하고 앉아 안정적으로 살아가는 평범한 사람일 뿐이야……. 결은 다시 붓을 들고 새 종이에 흘림체로 써 내려갔다.

그때 다른 서리가 들어와 안승우를 불렀다. 안승우가 그에게 다가가자 종이를 펼쳐 보였다. 승정원에서 정리해 게시한 기별들을 적은 조보다. 그가 한 부분을 가리키며 말했다.

"이 부분은 빼야 하지 않겠나?"

승정원의 근무 태도가 영 불성실하고 태만합니다. 일찍 퇴근하는 일도 많고, 주상 전하의 전교를 늦게 전하기도 해 물의를 빚고 있습니다. 청컨대 담당 승지를 파직하십시오.

승정원의 근무 태만을 지적하는 상소문이다.

"이걸 왜?"

"그대로 실었다가 도승지 나리의 노여움을 살까 두렵네. 우리 선에서 잘라야 하지 않겠나……."

"여보게, 어찌 그런 말을 하는가. 우리는 우리 할 일만 하면 되는 걸세. 우리 할 일은 기사를 마음대로 바꾸는 것이 아니라 사실대로 전하는 것이네."

안승우는 단호하게 말했다. 그러자 말을 꺼낸 서리가 겸연쩍은 듯 얼굴을 붉히고는 그대로 나가 버렸다. 필사를 하며 듣고 있던 결은 혼란스러웠다. 뭐지? 이 사람 도대체 정체가 뭐야? 결은 안승우가 다시 멋져 보인다. 내가 잘못 생각한 게 틀림없어. 그래, 아버지도 신임하는 분인데……. 결은 옳지 못한 일에 반기를 들고 바로 말하는 지금 이 모습이 그의 본모습이라고 생각했다. 만약 혼인을 하게 된다면 아버지 같은 남자를 만나 하겠다고 늘 생각해 왔다. 그런데 그런 남자가 눈앞에 있는 것 같다. 생각이 여기에 미치자 결은 화들짝 놀라며 머리를 흔들었다. 내가 지금 무슨 생각을 하고 있는 거야?

"결아!"

저녁 먹고 마당에 나와 있던 결을 덕배가 불렀다. 필사 일을 하러 다니느라 얼굴 보기 힘들어지자 이 시간에 찾아온 것이다.

"잘됐다. 안 그래도 산책하러 나가려던 참이야."

결은 해가 서쪽으로 거의 넘어갈 때쯤 산책하는 걸 좋아한다. 하루를 정리하는 기분도 들고, 밥시간이라 다들 집으로 들어가니 주변이 온통 조용해지기 때문이다.

"나도 따라갈래."

누나를 따라 나온 담이 두 사람 사이로 들어와 손을 잡았다.

셋은 뒷산 가는 길에 있는 개천 둔덕에 앉았다. 이 둔덕은 결이 제일 좋아하는 장소다. 혼자 있고 싶을 때나 기분이 우울하거나 좋을 때면 어김없이 찾는 곳이다. 이곳에 처음 온 건 담이 세상에 나온 해였다.

아들이 태어났다고 온 집안 식구들이 정신없던 그날, 결은 많이 외로웠다. 할아버지가 그렇게 환하게 웃는 것도 그때 처음 보았다. 세상을 다 얻은 듯한 그 표정을 보면서 결은 한없이 쓸쓸했다. 할아버지는 결을 보고는 그렇게 웃어 준 적이 한 번도 없다. 자기에겐 관심이 없는 것 같은 식구들을 보며 결은 밖으로 나와 무작정 걸었다. 사람들이 없는 곳에 가고 싶었다. 그래서 뒷산으로 가는 길을 택했다. 그렇게 이곳까지 오게 되었고, 보는 순간 마음에 들었다. 앞으로 자신만의 공간으로 삼으리라 마음먹었다. 아무도 찾지 않지만 자신만의 빛깔과 모습으로 둔덕에 피어 있는 꽃과 누가 뭐라 하든 앞으로 흘러가는 개천의 물줄기가 결의 마음을 다독여 주는 것 같았다.

그때 뒤에서 덕배가 결을 불렀다. 순간 결은 짜증이 났다. 혼자만 간직하려는 소중한 걸 누군가에게 들켜 버린 기분이다.

"뭐냐, 너? 언제 따라왔어?"

"네가 울면서 걸어가길래 그냥 따라와 본 거야. 걱정돼서……."

결의 날카로운 말투에 덕배는 잔뜩 주눅이 들어 기어드는 목소리로 대답했다. 덕배는 결이 화내는 게 제일 무섭다. 어머니가 화내는 것보다 훨씬 무섭다. 그래서 웬만하면 결의 성질을 안 건

드리려고 노력한다. 그런 덕배의 마음을 알기에 결은 체념한 듯 누그러진 목소리로 말했다.

"여긴 너만 알고 있어. 동네 애들 데리고 오지 마, 알겠지?"

"응, 절대 말 안 할게. 우리만 알고 오자."

덕배는 결이 그렇게 말해 주는 게 좋았다. 둘만의 장소라는 생각에 마음마저 설렜다. 그 후로 덕배는 결이 보이지 않으면 둔덕부터 찾아왔다. 그러면 결은 십중팔구 생각에 빠진 채 이곳에 앉아 있었다.

"내가 그림을 그린다면 이런 풍경을 그릴 거야. 정말 멋지지 않냐?"

결은 잔광이 넓게 퍼져 있는 하늘을 바라보며 감탄했다. 덕배는 그런 결을 바라보았다.

"일은 할 만해?"

"필사 일? 당연하지. 얼마나 하고 싶었던 일인데. 비록 베껴 적는 것뿐이지만 내가 쓴 글을 사람들이 읽는다고 생각하면 너무 설레고 좋아."

"거기 사람들이 잘 대해 줘?"

덕배 말에 결은 안승우를 떠올렸다. 자연스레 입가에 웃음이 번졌다.

"응, 거기서 멋진 선배님을 만났어."

"선배?"

그냥 선배도 아니고, 멋진 선배라고 결이 말했다. 덕배는 기분이 썩 좋지 않다.

"나보고 선배라고 부르래."

"그 사람이?"

"응, 내가 일 배우고 있는 안승우 서리님이. 아버지가 가장 아끼고 신임하는 분인데 아주 괜찮은 사람이야. 정의롭고 신념이 굳은 것 같아."

"얼마나 봤다고 그렇게 말해?"

덕배가 퉁명스럽게 말했다.

"물론 몇 번 본 걸로 다 알 수는 없지. 하지만 느낌이라는 게 있잖아."

덕배는 볼까지 발그레해지며 말하는 결이 못마땅하다. 발뒤꿈치로 툭툭 둔덕을 찼다.

"너 뭐 안 좋은 일 있어?"

덕배 표정을 살피던 결이 물었다. 담이 불쑥 끼어들었다.

"누나 때문이잖아."

"나?"

결이 검지로 자기를 가리키며 물었다.

"누나가 덕배 형 앞에서 딴 남자 얘기하니까 질투하는 거잖아."

결은 어이없는 표정으로 덕배를 쳐다보았다.

"무슨 소리야? 그런 거 아니야."

당황한 덕배가 손사래를 쳤다.

"그렇지, 우리 사이에 그럴 리가 없지. 어렸을 때 옷에 똥 지린 것까지 본 사인데."

결은 키득키득 웃었다. 덕배가 옷에 똥을 지린 채 어기적어기적 걷던 모습이 떠올랐다.

얼굴이 벌게진 덕배는 자리에서 벌떡 일어났다. 결이 덕배를 쳐다보았다.

"그냥 너무 쉽게 사람 판단하지 말라고……."

"누가 뭐래? 그리고 담이 말에 뭘 그리 펄쩍 뛰고 난리야."

결은 덕배 반응이 재밌는지 이번엔 크게 소리 내 웃었다. 덕배는 자신이 속 좁은 사람이 되어 버린 것 같아 속상했다.

담이 돌 하나를 주워 개천에 던졌다. 퐁, 세상이 더 고요해지려는지 물에 떨어지는 돌멩이 소리가 선명하게 들린다.

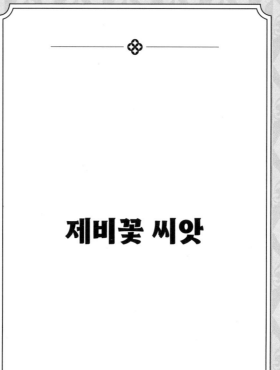

제비꽃 씨앗

"결아, 장에 가서 삼베 한 필 사 오너라. 난 덕배네 좀 다녀와야 겠다."

갑자기 방문이 열리자 결은 보고 있던 조보를 얼른 서랍에 넣었다. 자기가 필사한 조보를 간직하고 싶어 한 장 가져온 것인데, 아버지가 알면 경을 칠 일이다. 이상선 아들 이필선답게 사소한 것 하나라도 내 것 아닌 것을 취함은 용납하지 않았다. 아버지는 자신이 필사한 조보라도 값을 치르고 가져왔다. 결은 도둑이 제 발 저린 듯 가슴을 쓸어내렸다.

"뭘 하기에 그리 놀라느냐?"

"아, 아니에요. 기침도 없이 문을 여시니 놀란 거죠. 아주머니는 괜찮아요?"

덕배 어머니는 날벼락처럼 떨어진 빚 때문에 마음을 졸이다 급기야 병이 났다. 어머니는 한숨을 내쉬며 대답했다.

"옴짝달싹할 수 없이 걸려들었는데 괜찮을 리가 없지. 속이야 문드러져도 어쩌겠냐, 일해서 갚을 수밖에. 일감 들어온 거 갖다 주고 오마."

어머니가 나가자 결은 저잣거리로 나섰다. 안 그래도 오랜만에 쉬는 날이라 밖으로 나설까 했는데 잘됐다 싶다.

날은 청명하고 햇살은 고왔다. 장에는 사람들이 많았다. 물건 사는 사람도 많지만 여기저기 구경하는 사람도 많다. 결은 이왕 나온 김에 구경이나 실컷 할 생각이다. 막상 구경하다 보면 사고 싶은 게 많지만 눈요기만 해도 즐겁다. 결은 얼른 포목전에서 삼 베를 산 뒤 가게마다 기웃거리며 새로 나온 물건이 있나 살폈다. 특히 필방과 지전은 그냥 지나칠 수가 없다. 글씨 쓰는 걸 좋아하 는 결은 붓과 종이 구경은 빼놓지 않고 한다.

필방을 둘러본 뒤 지전에 들러 갖가지 종이를 구경하던 결은 순간 멈칫했다. 저쪽에서 종이를 고르고 있던 두 선비의 대화가 들려왔기 때문이다.

"이번에 나온 조보 보았는가?"

"아직 보지 못했네만 무슨 특별한 기사라도 있나?"

"좌의정 대감이 노모 병구완한다고 사직 상소를 올렸다네."

"노모 병구완으로 벼슬을 내놓다니 효심이 대단하네. 그런 까 닭이면 전하께서도 허락하실 수밖에 없겠어."

"그리고 평안 감사가 파직됐다네. 뇌물을 받고 죄인을 풀어 준

게 들통나서."

"평판이 영 안 좋더니 결국은 그 사달이 났구면."

결은 얼굴이 발그레해졌다. 심장이 콩닥콩닥 뛰었다. 자신이 필사한 조보 기사였다. 자신이 필사한 조보를 사람들이 읽고 나라 돌아가는 사정을 안다고 생각하니 뿌듯했다. 결은 조보를 필사한 뒤 조보를 돌리는 기별 군사에게 보낼 때 사람들이 읽는 모습을 상상하면서 많이 들떴다. 그런데 막상 옆에서 조보를 읽고 이야기하는 걸 들으니 들뜨는 마음 그 이상이다. 마치 자신이 전령사가 된 기분이다. 결은 방실방실 나오는 웃음을 참을 수 없었다.

지전을 나온 결은 하늘을 올려다보며 생각했다. 나도 아버지처럼 기별 서리가 되면 얼마나 좋을까? 하지만 그렇게 될 순 없겠지? 그럼 이렇게 잠깐씩이라도 이 일을 계속할 수 있으면 정말 좋을 텐데…….

구름 한 점 없는 맑은 하늘이 넓게 펼쳐진 종이처럼 보였다. 결은 파란 종이에 새로운 소식을 기록하는 자신의 모습을 그려 보았다. 상상만으로도 행복했다.

그때 누군가가 결을 불렀다. 화들짝 놀란 결은 정신을 차리고 옆을 보았다. 주막에 나가 허드렛일을 하는 이웃 아주머니였다.

"마침 잘됐구나. 나랑 같이 좀 가자꾸나. 느그 어매한테 줄 게 있는데 내가 통 짬이 안 나네."

아주머니는 결의 대답은 듣지 않고 앞장서 주막으로 향했다. 결은 뒤따랐다. 주막에는 보부상 넷이 평상에 짐 꾸러미를 풀어 놓고 국밥을 먹고 있었다. 그중 한 사람이 배가 찼는지 숟가락을 놓더니 소매로 입을 쓱 닦았다. 이내 길게 트림을 하더니 뭔가 생각난 듯 품에서 종이를 꺼내 들었다.

"자네들 이거 좀 보게. 읽을 수 있겠나?"

잔뜩 못마땅한 표정으로 귀퉁이가 찢어진 종이를 내밀었다.

"이거 조보 아닌가?"

옆에 앉아 있던 이가 종이를 받아 들고는 말했다.

"길에 떨어져 있는 걸 주웠네."

"이러고 갈겨 쓴 글자를 우리 같은 사람들이 무슨 수로 알아보겠나?"

맞은편에 앉은 두 사람도 고개를 끄덕였다. 그러자 조보를 주워 온 남자가 막걸리를 벌컥벌컥 들이켠 뒤 불만을 토해 냈다.

"백성들이 무지해야 자기들 멋대로 해 처먹겠으니 그러지 않겠는가?"

"그러게나 말이네."

옆 사람이 맞장구를 쳤다.

결은 아주머니가 준 물건을 들고 집으로 향했다. 내가 생각하기에도 그래. 조보는 소식을 알리는 게 목적이잖아. 그렇다면 다 같이 읽을 수 있게 만드는 게 맞지.

결은 가슴이 답답하다. 이런 마음을 누군가에게 털어놓고 풀고 싶은데 아버지는 좀 어렵다. 덕배는 만나면 만날 화초 이야기만 한다. 화초를 좋아해 밖에 나가면 꽃구경하느라 정신을 못 차린다. 어디서 들었는지 온갖 꽃 이름을 다 알고 있다. 그것 말고는 아는 게 별로 없다. 글도 못 쓴다. 그러니 글에 관심이 많은 결이 덕배와 이야기하는 데 한계가 있다.

결은 자기도 모르게 안승우를 떠올렸다. 만난 지는 얼마 되지 않았지만, 왠지 이야기가 잘 통할 것 같아. 하지만 어린 나를 상대하려고 할까. 결은 고개를 숙이며 한숨을 내쉬었다.

"그 정도로는 땅이 꺼질 것 같지 않소만……."

갑자기 들리는 소리에 결은 고개를 들었다. 안승우였다. 관복을 벗은 모습을 처음 보는 결은 멍하니 쳐다보기만 했다. 관복을 입고 일하는 모습도 보기 좋지만 평상복을 입은 모습도 멋졌다. 안 그래도 생각하고 있던 차에 막상 눈앞에 나타나니 말할 수 없이 반가웠다.

"무슨 생각에 빠져 있기에 아직도 헤매고 있소."

멀뚱히 쳐다보고만 있는 결을 보며 안승우가 말했다. 그제야 정신을 차린 결이 당황한 표정으로 대답했다.

"아, 아니……. 아, 예."

"아니라는 말이오, 맞는다는 말이오?"

안승우는 결이 귀여운 듯 웃으며 농담을 던졌다. 결의 얼굴이 금세 빨개졌다.

"그럼, 내일 기별청에서 봅시다."

안승우가 인사하고 막 가려 하자 결이 불러 세웠다.

"저, 잠시만 이야기를 나눌 수 있는지요?"

결은 자신도 모르게 속마음을 툭 내뱉고 난 뒤 당황한 듯 어쩔 줄 몰라 하며 안승우를 쳐다보았다. 잠시 결을 바라보던 안승우는 고개를 끄덕였다.

결은 안승우를 개천 둔덕으로 안내했다. 왠지 이곳에서 이야기를 나누고 싶었다. 시야가 탁 트인 자리를 찾아 결이 먼저 앉았다. 그러고는 앉으라는 듯 안승우를 쳐다보았다. 안승우가 결의 옆에 앉으며 말했다.

"자주 오는 곳인가 보오."

"네, 여기 앉아 있으면 마음이 편해져서 좋아요."

주변을 둘러보던 안 서리가 고개를 끄덕이며 말했다.

"그럴 만한 풍경인 것 같소."

결은 안승우의 말에 살짝 들떠 한 마디 덧붙였다.

"흘러가는 물길과 그 물길을 지켜봐 주는 나무와 풀과 하늘을 바라보는 게 좋아요. 보고 있으면 마음이 따뜻해져요."

상기된 얼굴로 꿈꾸듯 말하는 결을 바라보며 안승우가 미소를 지어 보였다.

"자연은 묵묵히 자신들이 살아가는 모습 그대로 늘 우리를 품어 주는 것 같소."

결은 안승우의 말이 어떤 의미인지 짐작은 할 수 있었지만 정확한 뜻을 알고 싶었다. 자신을 바라보는 결의 표정에서 그런 바람을 읽은 듯 안승우는 말을 이었다.

"어렸을 적에 하루는 할아버지를 따라 밭에 갔었소."

안승우는 그날의 일을 떠올리며 이야기를 시작했다.

"와, 저기 콩 심은 데서 싹이 올라와요."

밭에 뽀록뽀록 돋은 파란 떡잎을 보며 어린 승우가 할아버지한테 말했다. 그러자 할아버지가 웃으면서 말했다.

"올해 콩 농사가 잘되겠구나, 떡잎이 도톰한 것이."

어린 승우는 무척 궁금했다. 도대체 땅속에 뭐가 있기에 이렇게 잘 자라게 하는지.

"할아버지, 흙을 파 보면 별것도 없는데 어떻게 곡식도 키우고 채소도 잘 자라게 해요?"

할아버지는 껄껄 웃으며 손자를 꽉 껴안아 주었다.

"어때, 따뜻하지?"

"네, 할아버지."

"흙은 이렇게 따뜻하게 품어 주는 마음이 있지. 생명을 자라게 하는 데 이것만큼 중요한 게 없단다."

안승우는 그때 할아버지와 나눈 대화를 지금도 생생하게 기억

한다고 했다.

"당시엔 무슨 뜻인지 잘 몰랐지만 시간이 지나면서 알게 되었다오. 나처럼 후배도 그런 자연의 품을 느꼈다고 생각하오."

회상에 젖은 눈빛으로 안승우가 말했다. 결은 안승우가 자신의 어릴 적 이야기를 해 주었다는 사실에 몹시 흥분했다.

"그런데 후배의 이야기는 언제 시작할 거요?"

아차, 내 정신 좀 봐. 길에서 우연히 마주치고 용기를 내어 붙잡고 이곳까지 같이 왔건만 쉽사리 말이 나오지 않는다. 누가 자기 마음을 들여다보기라도 한 것처럼 선배를 나타나게 해 주었으니 어서 이야기를 시작해 보자고 마음을 다잡았다. 결은 목을 가다듬으며 말문을 열었다.

"저는 글 쓰는 게 좋습니다."

예상치 못한 말인 듯 안승우는 의아한 표정이다. 안승우는 결을 뚫어지게 쳐다보았다. 결이 무슨 말을 할지 궁금하다. 결은 흘러가는 물길을 바라보며 이야기를 이어갔다.

"글은 마음을 표현하는 수단이라고 생각합니다. 그러니 글 속에는 슬픔과 기쁨이 있고, 분노와 사랑도 있지요. 그래서 누군가에게는 꽃이 되기도 하고, 나무가 되기도 하고, 하늘이 되기도 하겠지요."

결은 글에 대한 자기 생각을 처음 이야기한다. 어쩌자고 안승우에게 이런 이야기를 거침없이 쏟아 내는지 자신도 알 수 없다.

그가 어떻게 생각하든 그냥 이야기하고 싶다. 결을 바라보는 안승우의 눈빛이 더 깊어진다. 잠시 숨을 고르던 결이 다시 말을 이었다.

"그러니 글은 거짓이 없어야 하고, 누구나 읽을 수 있어야 한다고 생각합니다."

안승우는 천천히 고개를 끄덕였다.

"맞는 말이오. 그런데 지금 이런 말을 하는 까닭이 무엇이오?"

안승우는 작은 돌 틈 사이로 흘러가는 물길을 보며 물었다.

"선배님은 왜 기별 서리가 되셨는지요?"

안승우는 자신에게 되묻는 결을 쳐다보았다. 그의 대답을 먼저 듣고 싶다는 표정이다. 안승우는 잠시 머뭇거리더니 다시 개천으로 시선을 돌리며 이야기했다.

"우리 아버지는 역관이었소."

안승우가 자신의 아버지 이야기를 꺼내자 결은 신뢰받고 있다는 생각이 들어 기분이 좋았다.

"아버지는 역관을 하면서 명나라와 무역을 했고, 그 덕에 나는 일찍부터 새로운 문물을 접할 수 있었소."

역관은 중국이나 일본 등으로 사신이 파견될 때 통역을 맡아보던 관원이다. 이들은 나라에서 인정하는 공식적인 무역에 참여해 일했는데, 나라는 이들에게 오고 가는 비용을 따로 주지 않았다. 대신 개인적으로 무역을 해서 돈을 벌어 쓰는 것을 허락했다. 그래서 역관들은 국내의 인삼이나 은을 중국으로 가져가서 팔고, 그 돈으로 중국의 비단, 차, 도자기를 사들여 와 팔았다.

새로운 이야기에 눈이 동그래진 결은 부러운 마음과 함께 호기심이 일었다. 결은 조선 땅도 다 모른 채 우물 안 개구리로 살아왔다. 그런데 안승우는 다른 나라에서는 어찌 살아가는지, 어떤 물건을 쓰는지 알고 있다. 자신이 모르는 세상을 알고 있다고 생각하자 그에 대해 더 알고 싶다는 마음이 강하게 들었다.

"아버지를 따라간 북경에서 나는 많은 걸 느꼈소. 그 넓은 땅에는 사람도 무척 많고 희귀한 물건도 많았는데, 우리가 쓰는 물건에 비하면 월등히 앞선 것들이었소. 그곳에서 나는 우리가 모르는 게 너무 많다는 생각이 들었소. 뭘 알아야 변화를 도모하고 발전해 나갈 게 아니겠소? 그래서 기별 서리가 되어야겠다 마음먹었소."

결은 그의 말을 얼른 이해하지 못했다. 한참 동안 생각하던 결이 말했다.

"나라 안팎의 소식을 알리는 데 기별 서리가 할 수 있는 역할이 있다는 말씀이지요?"

안승우는 고개를 끄덕였다.

"후배님도 알다시피 조보에는 조정의 결정 사항을 비롯해 여러 사건과 사고 소식들이 담겨 있소. 또한 다른 나라의 소식도 실리오. 난 조보를 필사하면서 기사를 추릴 때 꼭 알리면 좋을 다른 나라 소식들을 빼놓지 않으려고 한다오."

안승우는 편안한 동무를 대하듯 곁에게 흘러가는 물줄기처럼 이야기를 풀어 갔다. 그의 말을 듣는 결의 눈빛이 반짝반짝 빛났다. 처음 들어 보는 이야기일 뿐만 아니라 자신이 평소 고민하고 그에게 하려던 말의 맥락과 닿아 있었다. 이때다 싶어 결이 말했다.

"그러면 뭐 합니까? 조보는 학식이 깊은 사람들만 볼 수 있게 초서체로 쓰는데……. 기본적인 글자 공부만 하면 다 읽을 수 있게 정자체로 쓰면 좋겠어요. 그리고 배포하는 조보의 양도 한계가 있어 일반 백성들은 보고 싶어도 보기 힘들어요. 실은 오늘 이 말씀을 드리고 싶었어요."

결은 잔뜩 불만인 표정으로 말했다. 그런 결의 얼굴을 뚫어져라 쳐다보는 안승우의 표정이 사뭇 진지하다. 안승우의 시선이 신경 쓰였는지 결은 무안한 듯 작은 목소리로 말을 이었다.

"백성이 있으니 나라도 있고 임금도 있다 했는데, 왜 그런 백성을 무시하는 겁니까? 선배님이 나선다고 해결될 일이 아니라는 건 알지만 그래도 속상해서……."

"나도 막상 기별청에 들어와서 돌아가는 내막을 보니 내 뜻대로 할 수 있는 게 별로 없다는 걸 알았소. 윗선의 제재와 간섭이 이 정도일 줄은 짐작도 못 했으니……. 정말 우리가 할 수 있는 일이 있을지 모르겠소."

안승우는 바람에 흔들리는 풀을 바라보며 쓸쓸한 표정으로 나직이 말했다. 결은 심장이 쿵 했다. 그가 '우리'라고 했다. 우리……. 결은 몇 번이고 속으로 되뇌어 보았다. 마치 뜻이 같은 사람끼리 굳게 뭉친 것 같다. 많이 친해진 것 같은 느낌도 들어 마음이 설렌다.

"찾아봐야죠. 하고자 하는 일이 옳은 일이라면 방법은 꼭 있다고 믿어요."

다부지게 말하는 결의 상기된 얼굴을 바라보며 안승우는 미소를 지었다.

결은 발밑에 핀 흰제비꽃을 보았다. 여러 색깔의 제비꽃 가운데 이 하얀색 제비꽃을 좋아한다. 보고 있으면 마음이 순해지고 열심히 살아야겠다는 다짐을 하게 만든다.

꽃을 잘 아는 덕배가 해 준 말이 떠올랐다.

"제비꽃 열매는 익으면 터져서 씨앗이 멀리 퍼져 나가."

결은 하늘을 보았다. 그리고 상상했다. 많은 사람이 조보의 기사를 읽을 수 있도록 조보가 제비꽃 씨앗처럼 멀리멀리 집집으로 날아가는 모습을.

외숙부의 압력

"할아비 절에 다녀올 동안 너는 어찌하고 있어야 할까?"

아침에 떠날 채비를 하던 할아버지가 담에게 물었다. 잔뜩 긴장한 담은 옆에 앉은 누나를 힐끗 쳐다보았다. 나 대답 잘해야 하는 거지? 하고 묻는 표정이다. 결은 고개를 살짝 끄덕였다. 담은 침을 꼴깍 삼키고는 말했다.

"돌아오실 때까지 그동안 배운 천자문을 다 외워 놓겠습니다."

"그래, 내 돌아와서 물어볼 테니 잘 복습해 놓도록 해라. 그래야 소학 편을 들어가니."

할아버지는 일 년에 한 번은 꼭 절에 간다. 가면 한 달 정도 머물다 온다. 오 년 전 할머니가 돌아가신 뒤부터 그렇게 해 오고 있다.

"결이 넌……."

할아버지는 말하다 말고 결을 잠깐 바라보기만 했다. 손녀가

당차고 야무지고 공부 머리가 뛰어나다는 건 알고 있다. 하지만 여자아이에게 그러한 능력은 어쩌면 득보다는 해가 될 가능성이 높다. 그래서 불안하고 걱정되는 마음이 못마땅한 안색으로 비칠 때가 종종 있다. 결은 할아버지의 표정을 살폈다. 무슨 말이 나올지 불안하다.

"글공부만 하지 말고, 집안 살림하는 법도 잘 익혀 둬라. 너도 이제 혼담이 들어올 나이가 됐으니."

"네……."

결은 속상하다. 할아버지가 당부하는 말은 늘 이렇다. 혼인 같은 이야기 말고 해 줄 말은 없는 걸까.

일어나서 나가려던 할아버지는 뒤돌아서 한마디 덧붙였다.

"내 돌아올 때까지 수를 하나 놓거라. 어떤 모양이든 상관없으니 진득하니 앉아서 놔 보거라."

결은 뒤통수를 한 대 맞은 느낌이다. 수는 한 번도 놓아 본 적이 없다. 어쩌다 어머니를 돕는다고 바느질을 하면 구멍을 꿰는 건지 손에 바늘구멍을 내는 건지 헷갈릴 정도다. 갑자기 막막해진 결은 한숨을 크게 내쉬었다. 그러자 옆에 있던 담이 또한 복습할 생각에 한숨을 내쉬었다.

"아버지랑 같이 오지 않았느냐?"

오후에 집에 들어서는 결을 보자 어머니가 물었다.

"전 제 일 끝내고 먼저 왔어요. 곧 오시겠죠. 그런데 왜요?"

결은 댓돌 위에 놓인 신을 보았다. 할아버지도 안 계시는데 웬 남자 신이지?

"네 외숙부가 오셨는데 아버지를 만나고 가겠다고 기다리는구나. 무슨 일인지 모르겠구나."

그동안 김완용은 전할 말이 있으면 말이 안 통하는 매제가 아닌 누이에게 했다. 그런데 이번에는 직접 이야기하겠다고 하니 결의 어머니는 뭔가 불안하다.

한숨을 쉬는 어머니를 보며 결은 속상하다. 누구 편을 들지도 못하고 가운데서 마음 졸이고 눈치 보느라 얼굴이 까칠했다.

"걱정하지 마세요. 그냥 전하실 말씀이 있나 보죠. 별일 아닐 테니 저랑 저녁이나 준비해요."

결은 부엌으로 어머니 손을 잡아끌며 말했다.

"네가 할 줄 아는 건 있고?"

부엌으로 들어서며 어머니가 말했다. 결이 멋쩍은 듯 머리를 긁적이며 웃었다.

"그래도 일손이 없는 것보단 낫죠."

"그럼 이거나 다듬으렴."

어머니는 낮에 캐 온 나물 바구니를 내밀었다. 바구니를 받아 들고 한쪽에서 나물을 다듬던 결은 어머니를 쳐다보았다. 저녁을 준비하는 모습이 일사불란하다. 많은 음식을 준비하는 건 아니지만 손놀림이 잘 정돈된 부엌만큼이나 정갈하다. 살림만큼은 누구보다도 잘한다. 하지만 이 일이 과연 어머니가 정말 하고 싶은 일일까 하는 생각이 든다.

"어머니는 천자문만 뗐다고 하셨죠? 글을 더 배우고 싶진 않았어요?"

결은 다듬은 나물을 채반에 옮겨 담으며 물었다.

"그거면 됐지. 더 배울 필요도 없고⋯⋯."

결은 어머니를 바라보았다. 어머니는 집안 살림에 텃밭 가꾸고 식구들 챙기느라 종일 동분서주 애를 쓴다. 그 하루가 한 달이 되고, 일 년이 된다. 그런 어머니 세상에선 글이 그다지 쓸모가 없는 모양이다. 어머니는 정말 글을 더 배우고 싶지 않았을까? 아버지 말대로 배우면 그만큼 더 보이고 알게 되니 하고 싶은 일이 생길 수도 있었을 것이다.

결은 공부를 하면 할수록 세상에 대한 호기심이 늘고, 호기심이 늘수록 하고 싶은 일도 생겨났다. 하고 싶은 일을 하려면 세상 돌아가는 형편도 알아야 한다고 생각했다. 결은 자신이 여자인 게 싫지는 않다. 하지만 여자이기에 제약받는 게 많아 담이 부러울 때가 많다. 바꿔서 태어났으면 좋았을 걸 하는 생각도 한 적이 있다.

"글은 꼭 어디에 쓸모가 있어서 배우는 게 아니죠⋯⋯."

"넌 네 아버지를 빼닮았어."

어머니는 음식을 만들면서 툭 내던지듯이 말했다. 어머니는 딸에게 아버지를 닮았다는 말을 자주 한다. 그럴 때마다 결은 무엇이 닮았냐고 물어보지만 어머니는 더는 말하지 않는다. 그런데 이번에는 꼭 대답을 듣고 싶다.

"제가 아버지 어떤 점과 닮았어요? 외모는 아닐 테고, 대체 무엇이 닮았어요?"

결이 다그쳐 묻자 어머니가 고개를 돌려 빤히 보면서 말했다.

"쇠심줄보다 더한 고집이지 뭐겠냐?"

결은 잠시 멍해졌다. 아버지가 고집이 있다는 건 알겠지만 자기가 그렇게 고집이 세다고는 생각하지 않았다.

"다른 일은 그냥 잘 넘어가면서도 자기 생각에 옳다고 믿는 일에는 절대 물러서지 않으니……. 너나 네 아버지나 그런 점에선 아주 똑 닮았어."

고개를 갸우뚱하며 더 물어보려는데 밖에서 인기척이 났다.

"아버지 오셨나 보다. 아궁이 불 좀 잘 보고 있거라. 밥물 넘치거든 불도 줄이고."

걷어 올린 소매를 내리며 어머니가 부엌에서 나가자 결은 아궁이 앞에 앉았다. 타닥타닥, 타들어 가는 장작을 바라보며 결은 생각에 잠겼다. 이 장작들은 자신의 몸을 불살라 재가 될 때까지 참으로 많은 일을 하네. 밥도 하고, 국도 끓이고, 나물도 삶고……. 결은 장작불이 만들어 낸 음식을 먹으며 행복해하던 식구들의 얼굴을 떠올렸다.

국물을 들이켜며 구수하다고 하던 할아버지, 유난히 장아찌를 좋아해 장아찌만 있으면 밥 한 그릇 뚝딱 비우는 아버지, 모락모락 김이 나는 흰쌀밥을 좋아하는 담이, 나물을 좋아해 나물 반찬이면 어느 것 하나 남김없이 해치우는 어머니. 그리고 양 볼이 터질 듯 밥을 먹으며 환하게 웃던 덕배 얼굴도 떠올렸다.

어쩌면 행복은 이렇게 묵묵히 재가 되어 주는 것들 속에서 생기는 게 아닐까. 결은 전에 덕배가 활짝 핀 꽃들을 보며 한 말이 떠올랐다.

"이 꽃들은 말이야, 어두운 땅속에 있는 뿌리들이 피워 낸 거야. 뿌리는 밖에 있으면 안 돼. 캄캄한 땅속에서 흙을 잡고 있어야 꽃을 피울 수 있는 거지."

당시에 결은 꽃과 뿌리에 대한 단순한 생태로만 들었다. 하지만 지금 장작불을 보면서 그 말이 좀 더 깊은 의미로 다가왔다. 우리가 다 같이 한 줄기로 가도 꽃잎과 뿌리처럼 각자의 역할이 있지 않을까? 누가 꽃잎이 되고, 누가 뿌리가 될지는 그때그때 쓰임에 따라 달라질 수 있는 게 아닐까?

타닥, 장작 하나가 거센 불길을 만들며 타들어 갔다. 밥솥에서 김이 거세게 피어올랐다. 나는 누군가를 위해 나를 불사를 수 있을까? 생각이 여기에 이르자 공부할 때 아버지가 한 말이 불쑥 치고 들어왔다.

"병법에서 한 명의 병사가 길목을 잘 지키면 천 명의 적에 대항할 수 있다고 했느니라."

이 말은 한 사람의 행동이 많은 이들을 구해 낼 수 있다는 뜻이라 했다. 나도 그렇게 할 수 있는 사람이 되면 얼마나 좋을까?

턱을 괸 채 아궁이 불길에 정신을 놓고 있던 결은 담이 툭 치는 바람에 깜짝 놀랐다.

"누나, 외숙부 오신 거야?"

방에서 나오던 담은 건넌방에서 나는 목소리를 듣고 외숙부가 온 걸 알았다.

"응, 지금 아버지 어머니랑 얘기하고 계셔."

"난 외숙부 오는 거 싫어."

담은 인상을 쓰며 말했다.

"그런 말 하는 거 아니야."

외숙부 오는 게 반갑지 않은 건 결도 마찬가지다. 하지만 동생과 함께 외숙부 흉을 볼 수는 없다.

"외숙부만 오면 아버지와 어머니가 싸우니까 그렇지."

"왜? 지금도 싸우셔?"

"들리는 소리가 세 분 다 잔뜩 화가 난 거 같아."

결은 한숨을 내쉬었다. 외숙부는 지치지도 않나? 아버지가 쉽게 받아들이지 않는다는 걸 알면서도 잊을 만하면 찾아와 왜 이렇게 집안을 뒤숭숭하게 만드는지 모르겠어. 아버지는 아버지대로 불편하고, 어머니는 어머니대로 속상할 텐데. 그나마 할아버지 안 계실 때여서 다행이네.

"그런데 공부 안 하고 왜 나왔어? 아직 쉴 때 안 된 거 같은데?"

"에이, 정말 힘들단 말이야. 글자가 벌레로 보여."

결은 눈에 잔뜩 힘을 주고는 담을 쳐다보았다. 그러자 담이 한숨을 내쉬며 말했다.

"진짜 죽겠어……. 벌레로 변신한 글자들이 다 어디로 가 버렸으면 좋겠어."

"담이 너 까막눈 되고 싶어?"

"까막눈? 까마귀 눈 말이야? 나 까마귀 눈 되기 싫어."

담이 머리를 세차게 흔들었다. 결은 그런 담을 웃으며 바라보더니 부드러운 말투로 말했다.

"담이 너, 만약 앞을 볼 수 없다면 어떨 거 같아?"

"눈이 안 보인다고? 엄청 답답하고 무서울 것 같아."

"글을 모르면 그렇게 돼."

"글을 모르는데 왜 답답하고 무서워? 난 공부 안 해도 되면 글 모르고 살아도 좋을 거 같은데."

"글을 모르면 저번에 네가 친구한테 거짓말해서 구슬 따먹으려고 한 것처럼 다른 사람이 너한테 그럴 수도 있지. 넌 모르니까 그냥 당할 거고."

담은 입이 댓 발이나 나와서는 툴툴거렸다.

"치, 그 얘긴 왜 또 꺼내는 거야. 그리고 난 천자문도 뗐잖아."

결은 담이 머리를 쓰다듬으며 등을 떠밀었다.

"어서 들어가 공부해. 저녁 차리면 부를게."

담이 부엌에서 나가자 결은 불 조절을 해 놓고는 어머니를 부르러 갔다. 외숙부가 저녁을 드시고 갈 거면 지금쯤은 차려야 되지 않나 싶었다.

"지난번 사또 건으로 내가 많이 곤란하다는 것만 알아 두게. 그럼 김 판서에 대한 상소문이 내려오면 자네 선에서 처리하는 걸로 알겠네."

어머니를 부르려던 결은 멈칫했다. 예상대로 외숙부는 아버지에게 압력을 넣고 있다. 아버지에게 조보를 거짓으로 필사하라는 것이다. 결은 숨을 죽이며 아버지가 단호하게 거절하기를 바라며 기다렸다. 하지만 아버지의 목소리는 들리지 않았다. 결은 몹시 당황스러웠다. 무슨 일이지? 아버지는 왜 아무 말 없는 거지?

그때 외숙부가 헛기침을 크게 한 번 하고는 다시 말했다.

"내 그리 알고 이만 가겠네."

외숙부는 방문을 열고 나와 밖에 선 결을 힐끔 보더니 그대로 가 버렸다. 아버지와 어머니는 나와 보지 않고 방 안에 그대로 있었다. 결이 어머니를 부르려는 순간 나지막한 아버지 목소리가 들려왔다.

"아버지 귀에 안 들어가게 조심하시오. 아버지가 아셨다 간……."

"알겠어요. 그런데 괜찮으시겠어요? 미안해요……. 아버님과 당신 볼 면목이 없어요."

어머니는 죄지은 사람처럼 어쩔 줄 몰라 하는 목소리였다. 뒤이어 아버지의 긴 한숨 소리가 흘러나왔다.

밖에서 듣고 있던 결은 머릿속이 멍했다. 지금 상황이 어떻게 돌아가는 거지? 아니야, 아버지가 그럴 리 없어. 내가 무슨 생각을 하는 거야? 아버진 결코 그럴 분이 아니야…….

어머니를 부르지 못하고 다시 부엌으로 들어간 결은 잔불만 남은 아궁이를 하염없이 쳐다보았다.

낙서 댓글

왜 안 보이지? 어디 가셨나? 결은 필사를 하면서도 주변을 살폈다. 누가 들어올 때마다 쳐다보지만 계속 안승우가 보이지 않는다. 자신이 기별청에 온 뒤로 한 번도 얼굴을 보지 않은 적이 없다. 비록 따로 떨어져 있는 작은 공간이지만 안승우는 날마다 한두 번은 꼭 들러 지도해 주었다. 결이 잘하고 있으면 고개를 끄덕이며 웃어 주고, 뭔가 지적할 부분이 보이면 꼼꼼하게 살펴 주었다. 결과 함께 임시로 와서 일하고 있는 사람들도 안승우의 품성이 좋다고 인정하고 있다.

결은 필사를 하다 자기 가슴을 쓸어내리며 다독였다. 차분하게 집중하지 못하고 자꾸만 딴생각하는 자신을 가다듬기 위해서다. 그때 김 서리가 들어왔다. 안승우와 같이 일하는 사람이니 소식이라도 물어볼 수 있겠다 싶어 반가웠다.

"나리, 안 서리님은 안 오시는지요?"

결이 불쑥 물었다.

"안 서리는 오늘 안 나왔다."

순간 결은 허전하고 서운한 마음에 힘이 쭉 빠졌다. 무슨 일이지? 어디 아프신가? 안 나왔다고 하니 그냥 보이지 않을 때 기다리던 것과 달리 신경이 더 쓰였다.

"일 다 끝내면 걷어서 나한테 가져오너라."

김 서리는 그렇게 지시만 하고는 나갔다. 결은 잠시 머뭇거리다가 바로 따라 나갔다.

"나리!"

김 서리가 뒤돌아보았다.

"왜 그러느냐?"

"저, 안 서리님에게 무슨 일이 있는지요? 혹 몸이 안 좋으신 건지⋯⋯."

김 서리는 대답 대신 결을 뚫어져라 쳐다보았다. 마치 결의 얼굴을 보고 질문의 의도를 파악하려는 것처럼 유심히 들여다보았다. 결은 무안해 얼른 덧붙였다.

"여쭤볼 말이 있는데 안 나오셨다기에⋯⋯."

"나도 잘 모른다. 그냥 오늘 쉬겠다고만 연락이 왔다."

결은 일이 끝나자마자 나와서 걸었다. 안승우에게로 향한 마음이 이 정도일 줄은 자신도 몰랐다. 하루 안 나왔다고 이렇게 궁금하고, 이런저런 생각으로 마음이 들락날락하니 자신이 한심하기까지 했다. 그러면서 결은 또 생각했다. 선배의 집이 어딘지 몰라 찾아가 볼 수도 없잖아. 정말 어디 아프신 거 아닌가? 궁금할 때 바로 연락해 볼 수 있으면 얼마나 좋을까? 언제쯤 그런 날이 올까? 에잇, 내가 지금 무슨 생각을 하는 거야? 결은 걸어가다 앞에 놓인 돌멩이를 툭 찼다. 또그르르 굴러가 도랑으로 떨어지는 돌멩이를 보면서 결은 자신도 어딘가로 툭 떨어져 버린 것 같다.

결은 어수선한 속을 다잡기 위해 개천 둔덕으로 향했다. 살랑이는 봄바람과 하늘거리는 봄꽃들이 마음을 달래 주었다. 자신이 늘 앉는 자리를 향해 걸어가던 결은 걸음을 멈추었다. 누군가 이미 그 자리에 있었다. 결은 기운이 쭉 빠졌다. 저 자리는 늘 결의 차지였다. 그래서 지난번에 안승우와 함께 왔을 때 그 의미가 더 컸었다. 자신만의 공간에 함께 온 것이니…….

누가 와 있는지 보려고 다가가던 결은 흠칫 놀랐다. 안승우였다. 멀어서 얼굴은 정확히 보이지 않지만 지난번 장에서 본 차림새였다. 복잡하게 들끓던 마음이 일순간에 환해졌다. 필사 일을 시작할 때만큼이나 마음이 들떴다. 결은 달려가며 소리쳤다.

"선배님!"

개천을 바라보고 있던 안승우는 고개를 돌려 결을 쳐다보았다. 가까이 다가간 결은 숨을 헐떡이며 물었다.

"여긴 어쩐 일이세요?"

결을 물끄러미 바라보던 안승우는 피식 웃으며 말했다.

"나는 여기 오면 안 되오?"

"아니, 그게 아니라……."

결은 안승우의 말에 금세 얼굴이 벌게졌다.

"오늘 기별청에는 왜 안 나오셨어요? 어디 아프신 건 아니지요?"

"아픈 거 아니오."

"그럼 무슨 안 좋은 일이라도……."

결은 망연히 개천 건너 하늘 끝자락을 바라보고 있던 안승우의 표정이 마음에 걸려 조심스럽게 물었다. 안승우는 결의 눈을 쳐다보며 말했다.

"선배 챙겨 주는 후배의 마음이 참으로 따뜻하오. 이름처럼 마음의 결이 곱소……."

결은 얼굴이 확 달아올라 얼른 시선을 피했다. 그러자 안승우는 미소 지으며 개천 쪽으로 고개를 돌렸다.

"개인적인 볼일이 있어 하루 쉬었을 뿐이오. 생각 좀 정리하려고 걷다 보니 이곳으로 오게 되었고. 지난번에 여기 같이 왔을 때 좋았었나 보오."

"아, 네……."

결은 자기가 좋아하는 장소를 안승우가 마음에 든다고 하니 꼭 자기가 좋다는 말처럼 들려 기분이 좋았다.

"여기는 들여다볼수록 좋은 것 같소."

"어렸을 적부터 자주 오는 곳입니다. 여기 앉아서 저 물길을 바라보고 있으면 많은 이야기를 들려주는 것 같아요. 그래서 혼자서도 전혀 심심하지 않습니다."

안승우는 고개를 끄덕이며 웃었다.

"여기서 바라보는 햇살의 풍경도 만만치 않소."

결은 물 위로 쏟아지는 햇살을 바라보았다. 오후의 따사로운 빛이 아름다웠다.

"햇살이 언제 가장 아름다운지 아시오?"

"예?"

"저기를 보시오, 소용돌이치는 여울 위에서 반짝이는 햇살을."

결은 안승우가 가리키는 곳을 보았다. 정말 여울 위에서 햇빛이 찬란하게 일렁이고 있었다.

"걸림돌 앞에서도 주저하지 않고 휘몰아치는 저 물결이 그만큼 아름답다는 뜻 아니겠소?"

결은 속으로 적지 않게 감격했다. 안승우의 말대로 휘몰아치는 여울 위에서 반짝이는 햇살은 어느 때보다 아름다웠다. 또한 이런 감흥을 느끼는 안승우도 대단하다고 생각했다. 결은 무엇보다도 안승우가 아주 개인적인 감정을 후배인 자기에게 얘기해 주었다는 사실에 감동했다.

결은 옆에 선 안승우를 바라보았다. 햇살을 받은 옆얼굴이 매력적이다. 감성이 통하는 이 사람과 무슨 일이든 함께하고 싶다는 생각이 물밀듯이 차오른다.

"결아!"

익숙한 목소리에 결은 고개를 돌렸다. 저쪽에서 덕배가 손을 흔들며 오고 있었다. 언제나 반가운 친구지만 이 순간만은 분위기를 깨 버리는 불청객 같다. 가까이 다가온 덕배가 결의 옆에 서 있는 안승우를 쳐다보았다.

"인사드려, 우리 선배님이야. 내가 말한 안승우 기별 서리님이 이분이셔."

'우리'라는 말에 덕배는 기분이 상했지만 표시 내지 않기 위해 침을 꼴깍 삼켰다. 덕배는 고개를 숙여 인사했다.

"이웃에 사는 제 오랜 친구 덕배예요."

"반갑네."

결의 소개에 안승우가 웃으면서 덕배를 쳐다보았다. 결은 두 사람을 번갈아 보다가 웃었다. 워낙 몸집이 큰 덕배인지라 안승우와 키는 비슷했지만 나이는 속일 수 없는지 얼굴에 어린 티가 역력했다.

"나 여기 있는 줄 어떻게 알았어?"

"돌아올 시간에 집에 없으니 여기부터 와 본 거야."

덕배는 이야기를 하면서도 힐끔힐끔 안승우를 쳐다보았다. 자기가 보기에도 몸매며 얼굴이며 어디 하나 빠지는 데가 없다. 결이 좋아할 만큼 흠잡을 데가 없다고 생각하니 내심 짜증이 난다. 휴, 덕배는 한숨을 내쉬었다.

"난 왜 찾았어?"

"왜 찾긴……."

덕배는 서운한 마음이 든다. 언제는 꼭 무슨 일이 있어야만 서로 찾고 만났나? 옆에 저 사람이 있어서 그런다고 생각하니 얄밉기도 하다. 덕배는 주머니에서 종이 몇 장을 꺼냈다.

"저잣거리에서 주웠는데 도대체 뭐라고 쓰여 있는 거야? 너랑 같이 보려고 가져왔어."

결은 덕배가 내민 각각의 종이를 차례대로 읽어 내려갔다.

- 밀거래로 부당 이익을 취한 이 현감을 귀양에서 풀어 주는 것은 아직 이르다.
- 백성들의 상소문이 중간에서 사라지는 일은 없어야 한다.
- 관의 대가 없는 노동력 착취는 부당하다. 일을 해 수입이 있어야 세금 을 낼 것 아닌가.
- 나라의 녹을 먹는 자들의 근무 태만이 도를 넘는다.

"누가 썼는지는 안 적혀 있네."

읽고 나서 결이 말했다.

"이런 글이 왜 종이에 적혀 길바닥에 버려져 있지?"

덕배가 몹시 궁금한 표정으로 물었다. 이때 옆에서 진지하게 듣고 있던 안승우가 말했다.

"그건 낙서 종이요."

덕배와 결이 동시에 안승우를 쳐다보았다.

"백성들이 요구사항이 있을 때 이런 낙서 형식으로 써서 길바닥에 뿌리오. 또한 조보를 읽고 기사에 관한 의견을 적거나 조정에 대한 불만 사항을 적기도 하오."

"그런 걸 전달하는 방법이 따로 있지 않습니까?"

결의 말에 안승우는 씁쓸한 미소를 지었다.

"물론 있소. 길에서 꽹과리를 쳐서 하문을 기다리는 격쟁이나 상소가 있지만 그 방법들로 민심이 전달되기에는 어려움이 많소. 특히 일반 백성들에게는."

"그럼 이 방법이 더 낫다는 말씀인가요? 지나가는 이들이 주워 읽는다 해도 그게 반영되기는 힘들 것 같은데……."

덕배도 맞는다는 듯 고개를 끄덕였다.

"그래서 주상 전하나 세자 저하가 잠행을 나와 직접 듣기도 하고, 이런 낙서 종이를 수거해 읽기도 하오. 어찌 보면 민심에 대한 가장 정확한 정보라고 할 수 있으니."

안승우의 말에 결은 무슨 의미인지 알겠다는 표정이다. 임금이나 관료들이 이런 글을 읽으며 백성들의 생각을 알 수 있으니 좋은 방법인 것 같다.

"그럼 쓴 사람의 이름이 없는 건 혹여 처벌을 받게 될까 봐 그러는 건가요?"

안승우는 고개를 끄덕였다.

"그렇다면 궁금한 게 있는데, 이런 정보는 더 많은 사람들이 알면 좋은 거잖아요. 이 방법은 같은 지역 안에서만 가능하지 다른 지역에서는 힘들 것 같은데……."

결의 질문에 안승우는 소리 내 웃었다. 결은 눈을 동그랗게 뜨고 안승우를 보았다. 옆에 있던 덕배도 궁금한 표정으로 쳐다보았다.

"우리 후배는 하나를 알려 주면 두 개, 세 개까지 넓게 생각하는구려. 선배들은 이런 후배를 아주 좋아하는 법이라오."

안승우의 칭찬에 결은 활짝 웃었다. 덕배는 두 사람을 번갈아 보며 인상을 찌푸렸다. 뭐야? 저딴 식으로 사람 홀리는 말이나 하고. 결이는 대체 뭐가 좋다고 저리 헤벌쭉대? 그리고 저 말이 그렇게나 좋아할 말이야? 쳇! 덕배는 몽글몽글 심술이 났다. 친구의 마음을 빼앗긴 것 같아 마음이 편치 않다.

"그래서 나는 조보를 만드는 우리 책임이 막중하다고 생각하오."

"말씀을 듣고 보니 조보를 많이 만들어 더 많은 곳에 돌릴 수 있으면 좋겠다는 생각이 다시금 드네요. 같은 나라 백성인데 알 기회를 모두에게 골고루 주면 좋잖아요."

상기된 결의 얼굴을 보는 안승우의 눈이 반짝인다. 그 모습을 옆에서 지켜보는 덕배는 왠지 소외감이 든다. 자기는 낄 수 없을 것 같은 이 대화에 뭔가 한마디 하고 싶어진다. 글을 모르니 거기에 대해선 뭐라 말할 게 없고, 자기가 가장 잘 아는 이야기를 해야 한다.

"있잖아……."

불쑥 입을 연 덕배를 두 사람이 쳐다보았다.

"천리향이라는 꽃 알지?"

덕배가 결을 보며 물었다.

"향이 천 리까지 간다는 꽃?"

결이 대답하자 옆에 있던 안승우가 덧붙였다.

"수향이라고도 하고, 서향이라고도 불리는 꽃이지요."

덕배는 별걸 다 안다는 표정으로 안승우를 보았다.

"그 꽃이 왜?"

결의 물음에 덕배가 이야기를 시작했다.

"천리향은 꽃잎마다 향기의 진하기가 다 다르다고 해. 벌이 날아오면 제일 진한 향을 풍기는 꽃잎에만 가는 거야. 그런데 벌이 한 번 왔다 간 꽃잎은 더는 향기를 내지 않는대. 다른 꽃잎에 기회를 주기 위해서. 두 번째로 진한 향의 꽃잎도 마찬가지고. 세 번째도, 네 번째도……. 자기만 다 가지려고 하지 않고, 골고루 나누는 천리향을 본받으면 좋겠다는 생각이 들었어. 두 사람 얘기하는 거 들으면서……."

덕배의 이야기를 귀 기울여 듣던 안승우가 활짝 웃으며 말했다.

"참으로 좋은 이야기요. 꽃에 대해 아주 잘 아는 것 같소."

덕배는 생각지 못한 안승우의 칭찬에 어색했지만 우쭐한 기분이 들었다.

"맞아요. 덕배는 화초 박사예요."

덕배는 애서 참으려고 했지만 입가로 삐죽삐죽 터져 나오는 웃음을 어쩌지 못했다.

해가 기울어 가면서 둔덕 가로 긴 그림자 세 개가 무늬처럼 드리웠다.

갈등

밖에서 기척이 들려오자 결은 방문을 빼꼼 열고 내다보았다. 이필선이 마당에서 서성이고 있다. 밤이 이슥하도록 잠을 이루지 못하는 아버지를 보며 결은 마음이 착잡하다. 외숙부 일 때문이라고 생각하니 불안감이 몰려온다. 그런데 아버지는 왜 저토록 깊게 고민하는 걸까? 외숙부가 한두 번 그런 것도 아닌데……. 나가서 당장 물어보고 싶지만 결은 차마 그럴 수 없다. 혹여 자기가 원하지 않는 이야기라도 듣게 될까 봐 겁이 났다.

잠시 후 결의 어머니가 방에서 나와 이필선에게 다가갔다. 무슨 말을 하려다가 못 한 채 옆에 서서 달만 바라보았다.

"밤공기가 차니 들어갑시다."

이필선이 뒤돌아서 들어가려 하자 결의 어머니가 말했다.

"미안해요……."

이필선은 아내를 지그시 바라보았다. 결의 어머니는 눈물을 훔

치며 말을 이었다.

"당신이 지금 어떤 심정일지 알아요. 어느 때보다도 괴롭다는 거 잘 알아요……."

이필선은 한숨을 크게 내쉬며 말했다.

"아버지가 자리를 박차고 나왔을 땐 우리 가족이 허리띠만 졸라매면 됐소. 그런데 이번엔 억장이 무너지는 심정이오. 어찌해야 할지 지금도 판단이 서지 않소……. 아무튼 이번 일은 아버지가 절대 아시면 안 되니 각별히 유념하시오."

아버지와 어머니가 방으로 들어가자 결은 방문을 닫고 들창에 비친 달그림자만 바라보았다. 어머니는 아버지에게 뭐가 그리 미안한 걸까? 판단이 서지 않는다는 아버지의 말은 무슨 뜻일까? 마음이 혼란스러워 결은 한동안 잠을 이루지 못했다.

필사할 조보 원본을 받으러 가던 결은 귀에 익은 목소리에 걸음을 멈추었다. 분명 아버지와 선배의 목소리다. 결은 소리가 나는 뒤뜰로 가 보았다. 두 사람의 표정이 심상치 않다. 결은 탱자나무 뒤로 얼른 몸을 숨겼다.

"나리가 먼저 말씀하시지 않았습니까? 조보를 필사하는 과정에서 부정행위가 있는지 늘 살피라고요."

안승우는 잔뜩 화가 난 표정으로 말했다. 이필선은 굳은 표정으로 아무 말이 없다. 안승우는 더욱 목청을 높여 소리쳤다.

"글은 백성들의 눈과 귀가 되어야 하니 거짓으로 쓰면 안 된다고 말입니다. 그런데 어떻게 나리가⋯⋯!"

몸이 떨리고 목이 메는지 안승우는 잠시 말을 잇지 못하다가 다시 말했다.

"김 판서의 죄상을 낱낱이 밝히기 위해 유생들이 그동안 얼마나 고생했는지 아십니까?"

이필선의 얼굴은 점점 더 일그러졌다.

안승우는 오늘 조보 필사본에 김 판서에 관한 상소문이 빠져 있는 것을 보고 깜짝 놀랐다. 그 상소문을 만들 때 안승우도 함께했었다. 그때가 바로 지난번에 쉰다고 기별청에 나오지 않았던 날이다. 그리고 드디어 어제 상소문을 올린 참이었다.

안승우는 평소 자주 만나는 문우들이 있다. 만나면 함께 토론도 하고, 세상 돌아가는 이야기도 나눈다. 요즘은 백성들의 세금을 가로채고 비리를 일삼는 벼슬아치들을 탄핵하기 위한 만남을 갖고 있다. 병들고 가난한 백성들이 늘어나면서 흉흉해진 민심의 원인을 찾아 뿌리 뽑자고 결의했다. 더불어 몰라서 당하는 백성들의 무지를 깨치기 위한 일도 궁리하고 있다.

안승우는 기별 서리 고참 이필선을 존경했다. 이필선의 곧은 성품과 불의에 타협하지 않는 강인함을 배우고 싶었다. 그래서 지금껏 잘 따르며 모셔 왔다. 그런데 믿었던 그가 이번에 조보를 필사하면서 김 판서의 비리 내용을 빼 버렸다.

이필선은 안승우가 동참해 만든 상소문이라는 걸 몰랐다. 평소의 신념대로라면 그것과는 상관없이 비리 내용을 절대로 빼지 않았을 이필선이다. 안 그래도 자책하며 힘들어하는 와중에 아끼는 후배의 뼈아픈 지적을 받으니 고개를 들 수가 없다.

잔뜩 실망한 안승우가 단호하게 말했다.

"도대체 무엇 때문에 그랬는지 몰라도 그 어떤 이유라도 저는 용납할 수 없습니다."

안승우는 이필선이 그저 재물에 욕심이 나서 눈감아 주거나 권력의 힘에 쉽게 주저앉을 사람이 아니라는 걸 안다. 자신의 이익을 위해 이번 일을 저질렀다고 생각하지는 않는다. 하지만 비리를 덮은 건 명백한 사실이고, 그동안 쌓아 온 믿음 또한 무너졌다.

안승우가 자리를 뜨자 이필선은 그 자리에 붙박이처럼 서 있다가 알맹이가 빠져나간 빈 꼬투리처럼 힘없이 걸어갔다. 나무 뒤에서 모든 걸 들은 결은 털썩 주저앉았다. 아버지에 대한 실망이 걷잡을 수 없이 밀려왔다. 그리고 의문이 들었다. 분명 외숙부가 요청한 것이지만 아버지가 왜……? 정말 외숙부를 위해 눈감아 주기로 한 거야? 아, 아니야. 그런 이유로 아버지가 그랬을 리가 없어. 아니면 엄청난 대가가 있었나? 아니야, 아니야. 그건 더 말이 안 돼. 결은 머리를 흔들며 괴로워했다. 어떤 이유를 갖다 대도 아버지의 행동을 이해할 수 없다. 무엇이 아버지의 신념을 꺾었는지 짐작할 수조차 없다.

결은 안승우에게 부끄러웠다. 선배의 얼굴을 어떻게 볼지 막막하다. 아버지를 바라보던 선배의 눈빛이 눈에 어른거린다. 결은 바로 옆에서 선배가 쳐다보고 있는 것처럼 얼굴이 확 달아올랐다. 눈물이 앞을 가려 한참을 그대로 앉아 있었다.

마음을 가라앉히고 자리에서 일어서던 결은 현기증이 나 휘청거렸다. 중심을 잃으면서 탱자나무 가지를 손으로 붙잡았다. 순간 짧은 비명이 나왔다. 가시에 찔린 검지에서 검붉은 피가 뚝뚝 떨어졌다. 결은 피가 나는 손가락을 물끄러미 쳐다보았다. 힘없이 걸어가던 아버지를 떠올렸다. 아버지, 아버진 그러면 안 되잖아요. 진실을 외면하면 스스로 못 견디잖아요. 살지 못할 거잖아요. 그런데 왜 그런 선택을 하신 거예요.

"결아, 네가 무슨 일이야?"

덕배가 놀란 눈으로 쳐다보았다.

"언제는 안 왔어? 새삼스레 왜 그래?"

"너 일 나간 후로 나 보러 먼저 온 적 없잖아."

"그럼 다시 갈까?"

"아, 아니야. 왜 삐딱하게 그래. 기분 별로 안 좋아?"

"바람 좀 쐬러 가자."

결은 대답도 듣지 않고 앞장섰다. 혼자 있을까 싶었지만 덕배의 수다를 들으면 기분이 나아질 것 같아 찾아왔다. 덕배는 얼른 결의 뒤를 따랐다.

개천 둔덕으로 가는 동안 결은 한마디도 하지 않았다. 덕배도 말없이 따라 걸었다. 결을 누구보다도 잘 아는 사람이 덕배다. 결이 말을 하지 않아도 어떤 기분인지 다 안다. 지금은 그냥 이렇게 옆에 있으면서 물어보는 말에만 대답하면 된다.

덕배는 걸으면서 결의 안색을 살폈다. 눈물을 흘리지 않을 뿐, 결은 지금 울고 있다. 뭔가 지독하게 속상한 일이 있는 게 분명하다. 덕배는 결이 이럴 때마다 묵묵히 옆을 지킨다. 그 역할만으로도 자기는 결에게 특별한 사람이라고 생각하면 뿌듯하다. 하지만 한 번이라도 속 시원하게 자기 마음을 털어놔 주면 좋겠는데, 그러기에는 내가 많이 부족한가? 생각이 그에 미치자 약간 서운하기도 하다.

둔덕에 앉아서도 결은 한동안 개천만 바라보았다. 한참 뒤 옆에 앉은 덕배에게 불쑥 말했다.

"꽃 이야기 하나만 해 줄래?"

"꽃?"

덕배는 눈을 휘둥그레 뜬 채 물었다. 이 순간에 꽃 이야기를 듣고 싶다고 말할 줄은 전혀 예상하지 못했다. 결은 덕배가 해 주는 꽃 이야기가 좋다. 식물이 살아가는 모습을 보면 어쩔 땐 사람보다 훨씬 제대로 살아가고 있는 것 같아 자신을 들여다보게 된다. 스스로 질서를 지키고 서로 배려하며 살아가는 모습이 정말 아름답다. 그래서 뭔가 답답하고 속상한 마음이 들 때는 덕배가 들려주는 꽃 이야기가 듣고 싶어진다.

"네가 좋아하는 꽃들 이야기면 아무거나 좋으니 얼른 해 줘."

덕배는 잠시 고민했다. 이럴 때는 정말 멋진 이야기를 들려주고 싶다. 덕배는 자기가 유심히 관찰하고 알아보면서 정말 특별하다고 느낀 꽃이 떠올랐다.

"너 국화꽃 알지?"

결이 덕배를 흘겨보았다. 그 꽃을 모를까 봐? 하는 표정이다. 말의 서두를 뗀 것뿐인데 너무 예민하게 반응한다 싶어 덕배는 좀 멋쩍었다.

"난 국화꽃이 좋아. 왜냐면……."

잠깐 멈추고 결을 쳐다보았다. 시선은 이미 잘잘 흐르는 물줄기에 가 있다. 차분히 들을 준비가 돼 있음을 확인한 뒤 덕배는 다시 말을 이었다.

"국화꽃은 꽃잎으로 보이는 것들 하나하나가 꽃이거든. 그러니까 우리가 알고 있는 국화꽃 한 송이는 사실은 아주 작은 꽃들로 이루어진 하나의 꽃 무리인 거지."

덕배 말에 결은 놀란 듯 쳐다보았다. 덕배는 한층 신이 나서 말을 이었다. 덕배는 결이 모르는 걸 설명해 줄 때 가장 신이 난다.

"작은 꽃잎 안에 각각의 꽃밥이 다 들어 있어. 그러니까 국화꽃의 꽃잎은 그 하나하나가 다 꽃인 거지. 그래서 나는 국화꽃이 좋아. 다 같이 모여 함께 만들어 내는 힘이 느껴지거든."

꽃에 관해 이야기할 때 덕배의 표정은 빛이 난다. 반짝이는 눈빛으로 그 어느 때보다도 신이 나서 말한다. 국화꽃의 특별한 생태에 관해 들으면서 결은 생각했다. 사람들도 국화꽃처럼 살면 좋겠다. 아버지가 늘 그랬어. 한 사람, 한 사람이 다 소중한 존재라고. 그렇다면 누구나 다 꽃이 될 수 있는 거고, 국화꽃처럼 함께 모여 더 큰 꽃을 만들 수도 있다. 그런데 그런 꽃을 만들려면 거짓이 있으면 안 된다. 거짓으로 피어난 꽃은 금방 시들어 버릴 테니까. 결은 다시 아버지 일이 떠올랐다. 아, 아버지…….

"근데 결아, 국화꽃은 색깔이 아주 다양하잖아. 난 그중에 흰색 국화가 좋아."

생각에 잠겨 있던 결이 덕배를 쳐다보았다.

"왜?"

"꽃말이 맘에 들거든."

"뭔데?"

"진실이야. 국화꽃에 딱 어울리는 말인 것 같아. 그렇게 모여 하나를 이뤄 내려면 진실해야 하니까."

결은 뒤통수를 한 대 맞은 기분이다. 덕배야 사정을 모르고 한 말이지만 꼭 아버지에게 하는 말 같다. 결은 한숨을 내쉬었다. 그때 덕배가 한마디 더 했다.

"난 노란 국화는 별로야. 꽃말이 짝사랑이거든. 짝사랑은 슬프잖아……."

"그럼 짝사랑 안 하면 되잖아."

덕배는 뭔가 묻고 싶은 말이 많은 표정으로 결의 얼굴을 뚫어져라 쳐다보다가 이내 풀이 죽은 목소리로 말했다.

"그게 맘대로 되냐? 내가 좋아하는 사람이 나를 좋아하지 않으면 어쩔 수 없는 거잖아."

결은 순간 안승우를 떠올렸다. 결도 힘없는 목소리로 말했다.

"그건 그렇네. 나도 노란 국화는 싫다……."

집으로 돌아가던 덕배와 결은 골목 어귀에서 건장한 남자 둘과 마주쳤다. 결은 그 남자들이 왠지 낯이 익다. 덕배도 마찬가지다. 서로 쳐다보다가 언제 봤는지 동시에 떠오른 듯 두 사람의 눈이 커졌다. 지난번에 덕배네로 차용증을 가지고 찾아온 사람들이다. 그리고 보니 벌써 다녀간 지 한 달이 되었으니 빚 받으러 온 모양이다. 덕배는 집으로 뛰었다. 결도 따라 뛰었다.

마당으로 들어서던 덕배와 결은 토방에 앉아 있는 덕배 어머니를 보았다. 곧 쓰러질 듯 멍하니 넋을 놓고 있었다.

"어머니!"

덕배는 얼른 다가가 어머니를 붙잡았다.

"아이고, 이를 어쩌냐."

"무슨 일이에요? 빚 받으러 온 거예요?"

"품삯이 이틀 후에 나와 기다려 달라고 했더니 이자를 더 얹는
구나. 우리는 뭘 먹고 살라는 건지······."

화가 치솟은 덕배는 입술을 깨물었다. 하루하루 겨우 살고 있
는데, 해도 해도 너무하다 싶다. 어머니를 방에 모시고 나온 덕배
가 뭔가 결심한 듯 비장한 표정으로 말했다.

"결아, 나 글 좀 가르쳐 줘. 글을 배워야겠어."

결은 덕배를 바라보았다.

"왜 배우고 싶은데?"

이유를 대강 짐작할 수 있었지만 본인에게 직접 듣고 싶었다.
결이 아버지에게 글을 배우겠다고 했을 때도 아버지가 똑같이 물
어보았다.

"앞으로 몰라서 당하는 일은 겪고 싶지 않아. 절대 다시는 당
하지 않을 거야."

그동안은 글자를 몰라도 살아가는 데 전혀 불편하지 않다고
생각했다. 그런데 억울한 일을 당하고 보니 자신의 생각이 얼마
나 어리석은지 깨달았다. 눈 뜨고 당한 아버지처럼 자신도 그런
일을 겪을 수 있다. 지난번에 빚쟁이들이 처음 다녀갔을 때는 글
을 배우면 어떨까 막연하게 생각했다. 그런데 오늘은 기필코 배워
야겠다고 마음을 굳혔다.

덕배의 진지한 눈빛을 보면서 결은 고개를 끄덕였다.

집으로 돌아온 결은 아버지가 오시기만을 기다렸다. 마침 어머니가 동생을 데리고 잔칫집에 갔으니 집에는 아무도 없다. 이런저런 추측만 할 게 아니라 아버지에게 직접 들어야겠다.

아버지 발소리가 들리자 토방에 앉아 있던 결은 벌떡 일어났다.

"왜 나와 있느냐?"

"드릴 말씀이 있어요."

결은 심장이 뛰었으나 애써 담담한 목소리로 말했다. 이필선은 딸의 사뭇 진지한 표정에 놀라는 눈치다. 나이는 어리지만 영특하고 논리가 정연해 공부를 가르치면서 감탄한 적이 한두 번이 아니다. 그런데 이렇게 자신을 똑바로 보며 할 말이 있다고 고하는 경우는 지금껏 없었다. 먼저 방으로 들어가는 딸의 뒷모습을 바라보니 언제 저렇게 컸나 싶다.

"이유가 무엇인지요?"

이필선이 자리에 앉자마자 결은 다짜고짜 물었다.

"무얼 말이냐?"

잠시 망설이던 결은 결심한 듯 다부지게 말했다.

"조보 말이에요."

조보라는 말에 이필선의 얼굴이 갑자기 어두워졌다. 아무 말 없이 딸의 얼굴만 쳐다보았다. 도대체 어디까지 알고 이렇게 묻는지 가늠이 안 된다.

"아버지는 그럴 분이 아니잖아요. 그런데 왜 김 판서에 관한 상소 기사를 필사하지 않으셨어요?"

"네가 어찌……."

놀란 이필선은 얼굴이 심하게 일그러졌다.

"안 서리님과 이야기 나누는 것도 들었고, 어머니와 나눈 말씀
도 들었어요. 외숙부의 청을 들어주신 거죠? 왜요? 그동안은 다
거절하셨잖아요."

"그만하거라."

이필선은 침통한 목소리로 말했다.

"그럼 아버지가 저에게 늘 하시던 말씀은 다 뭔가요?"

결은 눈물이 그렁그렁 맺힌 눈으로 아버지를 쳐다보았다. 이필
선은 아무 말 하지 않고 눈을 감았다.

"아버지!"

"그만하래도!"

이필선은 눈을 부릅뜨더니 책상을 쳤다. 딸까지 이 일을 알고
있다니 이필선은 몹시 괴로웠다.

내가 걱정한 일이 다 사실이었어. 결은 아버지에 대한 존경심이
와르르 무너져 내렸다. 결은 눈물을 애써 참으며 또박또박 말했다.

"아버지는 누구를 위해 일하나요? 임금을 위해 일하나요? 아니
면 권세가들을 위해 일하나요? 나라의 녹을 먹는 관리는 백성을
위해 일해야 한다고 아버지가 말씀하셨잖아요."

입술을 떨며 말하는 딸을 바라보던 이필선은 그대로 나가 버렸

다. 토해 내듯 진심을 전한 결은 그 자리에서 한참을 울었다. 아버지의 힘없고 어두운 뒷모습이 가슴에 얹혔다.

"할 말 있으면 하거라."

늦게 돌아와 밤늦도록 바느질하던 어머니는 아무 말 없이 앉아 있는 딸을 살피며 말했다.

"어머니는 아버지 어떤 면이 좋으셨어요?"

뜬금없는 질문에 어머니는 들고 있던 바느질감을 내려놓고 결을 쳐다보았다.

"저번에 어머니가 그러셨잖아요. 집안에서 정해 준 혼처였지만 어머니도 아버지가 좋았다고요."

"새삼스럽게 갑자기 그건 왜?"

"그냥…… 궁금해서요."

어머니는 회상에 잠긴 듯 아련한 눈빛으로 말했다.

"우리 집에서는 너희 할아버지가 아전이라 고생은 안 하겠다 싶어 마음이 놓였나 보더라. 하지만 난 너희 아버지가 맘에 들었지. 혼인 전에 한 번 봤는데 듬직해 보였어. 이리저리 휩쓸리는 그런 사람으로는 보이지 않았단다. 아주 강직한 눈빛이었지."

어머니는 한숨을 내쉬더니 말을 이었다.

"그런데 살아 보니 강직한 성품이 좋은 것만은 아니더구나."

"왜요? 사람은 늘 정직해야 한다고 말씀하셨잖아요."

결이 정색하며 묻자 어머니는 당황한 기색이다.

"아니, 융통성 있게 처리해야 하는 일도 있지 않으냐. 그런데 너무 대쪽 같으니⋯⋯."

"어떤 일이요?"

결이 날카롭게 몰아붙였다. 어머니는 딸이 오늘따라 왜 이러나 싶어 몹시 당황스럽다.

"그러니까 살다 보면 어쩔 수 없는 일도⋯⋯. 휴, 아니다."

이번에 남편이 겪어야 하는 힘든 일을 떠올리며 더는 말을 잇지 못했다. 자신이 생각하기에도 남편에게 너무나 큰 짐을 지게 한 것 같아 미안한 마음이 크다.

"그래서 그러신 거예요? 살다 보면 어쩔 수 없는 일도 있는 거여서?"

어머니는 놀란 표정으로 딸을 쳐다보았다.

"말씀해 주세요."

결은 단호하게 말했다.

"뜬금없이 무슨 말이냐. 알아듣게 얘기해 보렴."

어머니는 마음이 혼란스럽다. 이번 일에 대해 뭔가 알고 하는 말인 듯하다.

"아버지 말이에요⋯⋯."

순간 어머니의 얼굴이 굳어졌다. 설마 했는데 분명 알고 하는 말이다. 어머니는 마음을 수습한 뒤 아무렇지 않은 척 말했다.

"아버지가 왜?"

결은 코끝이 시큰해지면서 목울대가 뜨거워졌다. 목소리가 떨리자 침을 한 번 삼킨 뒤 차분하게 말했다.

"아시잖아요, 어머니. 아버지가 왜 그런 선택을 하셨는지. 그러니 말씀해 주세요. 외숙부가 뭐라고 했길래 아버지의 평생 신념이 하루아침에 무너졌는지."

결의 눈빛은 강렬했지만 눈에는 눈물이 글썽였다. 어머니는 그런 딸의 모습에 억장이 무너졌다. 바느질감을 옆으로 밀쳐놓으며 힘없는 목소리로 말했다.

"그럴 만한 이유가 있었겠거니 하고 그냥 넘어가 주면 안 되겠느냐."

안 그래도 무거운 마음이던 어머니는 딸까지 나서자 쥐구멍이라도 찾고 싶은 심정이다. 결은 울먹이며 고개를 흔들었다.

"아뇨. 그럴 수는 없어요. 이대로는 참을 수 없어요. 아버지에 대한 실망으로 제가 얼마나 힘든지 아세요? 제가 제 세상을 만들 수 있었던 건 아버지 덕분이에요. 그런데 그런 아버지가 다시 제 세상을 무너뜨리려 하고 있어요."

결은 쉬지 않고 말했다. 그러고는 엉엉 소리 내어 울었다. 그동안 들끓었던 마음이 숨구멍을 찾아내 서둘러 나오는 것처럼 울음이 터져 나왔다.

어머니는 한숨을 내쉬며 딸이 울음을 그칠 때까지 기다렸다. 한참 후 결이 소매로 눈물을 닦아 내자 어머니가 체념한 듯 말했다.

"그래, 다 안다니 얘기하마. 네 아버지는 아무 잘못 없다. 그러니 원망하려면 이 어미를 탓해라."

어머니는 지난번에 외숙부가 찾아와서 한 이야기를 차근차근 풀어놓았다.

김완용은 김 판서의 부름을 받고 설레는 마음으로 달려갔다. 권세가 김 판서의 측근이 되면 출세는 물론이고 부의 축적이 보장된다. 김 판서는 결의 할아버지 이상선이 아전으로 있을 때 모시던 사또였다. 부정부패가 심해 옆에서 지켜보던 이상선은 끝내 자리를 박차고 나와 버렸다. 후에 사또는 판서에 오르면서 권세가의 반열에 서게 되었다. 그런데 사또로 재임하던 중에 저지른 탈세와 부정행위가 극심하니 그에 합당한 처벌을 내려야 한다는 상소가 올라오기 시작했다. 조정 내에서는 어찌해서라도 무마할 방법을 찾아보겠는데, 만약 이 사실이 세상에 알려지면 손쓸 길이 없어진다. 그래서 김 판서는 그걸 막고자 책임 기별 서리인 이필선의 형님 김완용을 불렀다.

김완용은 자기에게 주어진 이 기회를 놓칠 리 없다. 얼마 전에 지금 모시고 있는 사또 건은 들어주지 않았지만 김 판서의 일만은 어떻게 해서든 성사시키겠다고 눈을 부라리며 누이 집에 찾아온 것이다.

"김 판서 대감에 관한 상소는 내보내지 말게."

"형님!"

이필선은 절대로 안 된다는 눈빛으로 김완용을 쳐다보았다. 김완용도 이번에는 물러설 수 없다는 표정이다. 옆에서 지켜보고 있던 결의 어머니는 두 사람의 얼굴을 번갈아 보며 난감하기 짝이 없었다. 들어 보니 이번에는 글자 몇 개 바꾸는 정도가 아니라 아예 기사를 누락해 필사하지 말라는 거니 남편이 받아들이지 않을 게 분명하다. 오라버니는 김 판서와 손을 잡는 일이니 절대 그냥 돌아가지 않을 것이다. 앞뒤가 낭떠러지인 절벽에 선 듯 싸한 공기가 갑자기 몰려왔다.

"이번만큼은 꼭 들어줘야 하겠네."

"제가 할 수 있는 일이 아닙니다."

"자네 선에서 할 수 있는 일이라는 거 알고 하는 얘기네."

"그런 게 어디 있습니까. 제가 책임을 맡고 있을 뿐, 제 마음대로 기사를 누락할 수는 없습니다."

"그런가?"

김완용은 얼굴이 굳어지더니 담담하게 툭 던지듯 말했다.

"대감의 일을 그대로 써서 내보내면 사돈어른이 다칠 걸세."

"그게 무슨 말입니까, 형님!"

"판서 나리가 사또로 재임하는 동안 사돈어른이 모시고 있었음은 자네도 알고 있지 않나."

"네, 그런데 그게 왜……."

"지금 계속 올라오는 상소 내용이 그때의 일이네. 만약 상소문대로 필사되어 세상에 알려진다면 죄목에 해당하는 모든 일은 자네 아버님이 주도한 거로 될 걸세."

"그, 그게 무슨 뜻입니까?"

이필선은 사색이 되었다.

"오라버니, 아버님이 무슨 일을 했다고 그러세요? 우리 아버님 청렴한 건 오라버니도 잘 아시잖아요?"

당황한 결의 어머니도 다그쳐 물었다.

"대감에게 사돈어른이 수결한 문서가 있네. 물론 사돈어른은 이런 용도로 쓰일 줄 모르셨겠지만……."

김완용은 비열한 웃음을 입가에 흘리며 말했다.

김 판서는 혹여 이런 사태가 벌어지면 대신 뒤집어쓸 희생양을 미리 준비해 둔 것이다. 당시 아전 이상선에게는 관에 내는 문서에 감독 책임자용 수결이라며 미리 받아 두었다. 혹여 자신의 비리가 발각되면 이상선에게 덮어씌울 수 있도록 손써 놓은 것이다. 자기 뜻에 동조하지 않고 종종 반기를 드는 이상선이 눈에 거슬리던 차였다.

"설마 아버지한테 뒤집어씌우려는 겁니까?"

이필선은 두 주먹을 불끈 쥐었다. 부정한 일을 더는 보지 못해 자리를 박차고 나온 아버지다. 그런 아버지에게 이런 불명예를 끼

없는다면 아버지는 살지 못한다.

"오라버니, 이건 아니지요. 아버님은 안 돼요."

시아버지의 성품을 너무도 잘 아는 결의 어머니도 이번만큼은 안 되는 일이라며 매달렸다. 머릿속이 하얘진 이필선은 부들부들 몸을 떨며 어찌할 바를 몰랐다. 이제까지 걸어온 길이 모두 사라져 버리고 벼랑 끝에 선 기분이다.

어머니의 이야기를 다 들은 결은 놀라움과 충격에 아무 생각도 할 수 없다. 멍하니 있던 결은 점점 분노가 치밀어 오르면서 몸이 부르르 떨렸다. 자신이 저지른 일을 감추는 것도 모자라 남에게 그 죄를 뒤집어씌우다니……. 결은 그제야 아버지가 왜 그랬는지 알 것 같았다. 아버지는 자신의 신념보다 할아버지에 대한 걱정이 앞섰을 것이다. 아버지는 결이 아버지를 존경하는 것 이상으로 할아버지를 존경했고, 할아버지 말을 한 번도 거역한 적이 없다. 아, 지금 아버지는 얼마나 괴로울까. 그런데 이 사실을 할아버지가 알게 되면 뭐라 하실까. 분명 크게 화내실 텐데. 그래서 아버지는 할아버지가 알면 안 된다고 신신당부한 거구나.

결은 어머니를 보았다. 눈시울이 붉어지더니 금세 눈물이 흘러내린다. 외숙부가 김 판서와 함께 꾸민 일이니 아버지 볼 면목이 없을 거다. 결은 외숙부가 밉다. 담이 싫다고 이야기할 때 그러지 말라고 타일렀지만 자신도 외숙부가 미워 죽겠다. 아무리 재물에 눈이 멀어도 어떻게 우리한테 이럴 수 있지?

결은 너무 화가 나고 답답해서 밖으로 나왔다. 밤하늘을 올려다보았다. 칠흑 같은 어둠 속에 별이 따갑게 박혀 있다. 마음이 콕콕 쓰려 왔다.

올가미

"내용 수정 건이 있네."

김 서리가 다급하게 들어서며 말했다. 다들 퇴청 준비를 하고 있다가 날벼락을 맞은 표정이다.

"인제 와서 다시 필사해야 한다는 겁니까?"

한 사람이 나서서 불만 섞인 목소리로 따지듯 물었다.

"할 수 없게 됐네……. 우의정 대감의 부정 인사 건이네. 그 내용을 빼고 다시 써 주게."

전하는 사람도 못마땅하고 미안한 일이지만 어쩔 수 없다는 표정이다. 그러자 임시 서리들은 다시 자리에 앉으며 품고 있던 속마음을 하나씩 꺼내 놓았다.

"사사건건 이렇게 맘대로 할 거면 도대체 조보는 왜 만드는지 모르겠네."

"사실을 기록하는 게 조보의 생명 아닌가?"

"실세들의 권력은 임금의 눈과 귀도 닫게 하는구먼."

한쪽에서 듣고 있던 결은 심장이 쿵쾅쿵쾅 뛰었다. 책임 서리인 아버지가 이런 일들을 모르고 있을 리가 없다. 그렇다면 계속 눈감아 주고 있다는 건데, 아버지는 왜……

요즘 결은 아버지의 마음을 어느 정도 이해하면서도 될 수 있으면 마주치지 않으려고 노력한다. 마주치더라도 해야 할 말만 하고 있다. 이필선도 딸의 마음을 아는지 특별히 할 말이 있지 않은 한 말을 걸지 않는다. 둘이서 공부하던 시간도 갖지 않고 있다. 결이 피하고 있지만 이필선도 스스로 가르칠 자격이 없다는 생각에 일찍 퇴청해도 그저 방에만 있는다.

"다음부터는 미리 조치해서 두 번 일하지 않도록 함세."

김 서리가 다독이는 말로 서둘러 필사해 줄 것을 재촉했다.

"어떤 조치 말인가?"

안승우가 들어서며 날카롭게 물었다. 결은 잔뜩 굳은 안승우의 얼굴을 보며 마치 자신이 조작하라고 시킨 것처럼 뜨끔했다. 아버지를 피하고 있는 것처럼 가능한 한 안승우도 마주치지 않으려고 피해 다니고 있던 터다. 혹시 눈이라도 마주칠까 두려운 결은 고개를 푹 숙였다. 자존심이 상하고 속상한 마음에 눈물이 나려는 걸 꾹 참았다. 돌아가는 상황을 파악한 안승우는 더는 참을 수 없다는 표정으로 밖으로 나갔다.

"나리! 저 좀 보시지요."

이필선을 찾아간 안승우는 벌게진 얼굴로 소리쳤다. 이필선은 왜 그러는지 안다는 표정이다. 눈을 질끈 감은 채 아무 말 못 하는 이필선에게 안승우가 말했다.

"도대체 왜 나리가……!"

안승우는 이필선에 대한 믿음을 버리지 않고 있었다. 그런데 김 판서의 비리 기사가 누락되고도 조보 조작이 계속 이어지고 있으니 너무 혼란스럽다. 책상을 붙잡고 있는 안승우의 손이 떨렸다. 그 순간 이필선이 낮고 긴 탄식을 내뱉었다. 잠시 뒤 안승우를 바라보며 입을 열었다.

"둑에 구멍을 한번 내면 이내 걷잡을 수 없이 물이 샌다는 걸 알면서도 내가 일을 이 지경으로 만들었네……."

안승우는 무슨 말인지 얼른 알아듣지 못하는 표정이다.

"그게 무슨 말씀입니까?"

이필선은 안승우에게 자신이 김 판서의 파렴치한 모략에서 아버지를 구하기 위해 저지른 잘못을 털어놓았다. 안승우는 답답하기만 했던 이필선의 행동이 조금은 이해되는 표정이다. 늘 당당하고 거침없던 이필선이 근심에 찌든 모습으로 자기 앞에 있다. 순간 안승우는 측은한 마음이 인다. 그와 동시에 김 판서 일당에 대한 분노에 치가 떨린다.

"그런데 그걸 약점 잡아 자기편에 선 권세가들의 비리를 계속 감추려 하고 있네. 이제 나 하나의 나락이 아니라 우리 기별청의 나락이 돼 버렸네. 내가…… 내가 이렇게 만들어 버렸으니…….”

이필선은 절망적인 상황에 가슴이 미어지는지 말을 잇지 못했다.

“이렇게 계속 끌려다닐 순 없습니다.”

안승우는 두 주먹을 불끈 쥐고 말했다. 그때 이필선이 종이 하나를 내밀었다. 안승우의 눈이 점점 커졌다. 종이에는 기별청 서리들의 호구를 조사한 내용이 적혀 있다.

“도대체 이게 왜?”

이필선이 아무 대답도 하지 못하자 안승우가 다시 종이를 살피더니 불안한 눈빛으로 이필선을 바라보았다.

“혹시……!”

이필선이 고개를 끄덕였다. 순간 안승우가 종이를 구겨 바닥에 내던지더니 분이 풀리지 않는지 주먹으로 벽을 쳤다. 김 판서를 향한 주먹이었다. 손등에서 피가 났다.

김 판서는 김완용을 시켜 기별청 서리들의 호구 조사를 시켰다. 자기 뜻을 거스르면 기별청 서리들뿐만 아니라 그 식구들까지 건드리겠다는 속셈이다. 그래서 이필선은 기별청의 입을 막으려는 김 판서의 만행을 어찌하지 못하고 있다. 또한 청탁을 받고 슬쩍 기사를 누락시키는 동료를 목격해도 아무런 제재를 하지 못하고 있다.

이필선은 괴로운 표정으로 안승우의 등을 몇 번 다독이더니 먼저 자리를 떴다.

잠시 후 결이 들어와 아버지를 찾았다. 어수선한 기별청 분위기에 도저히 그냥 앉아 있을 수 없어 아버지를 만나려고 찾아왔다. 그런데 아버지는 없고, 안승우만 우두커니 서 있다. 그냥 나가야 하나 망설이던 결은 안승우의 손에 피가 흐르는 걸 보고는 놀라 다가갔다.

"선배님, 피……."

결은 안승우의 손을 하얀 천으로 감쌌다. 벽에 묻은 핏자국이 눈에 들어왔다. 무슨 일이 있었던 게 분명하다.

"아버지 만나신 거죠? 아버지도 오늘 일을 알고 계신 거예요?"

결은 불안한 표정으로 물었다.

"할 수 없으셨을 거요. 사람들이 다치니……."

안승우는 바닥에 있는 종이를 주워 결에게 건넸다.

"서리들과 그 식구들의 명단이오."

구겨진 종이를 펼쳐 살펴보던 결은 명단의 용도를 짐작할 수 있었다. 왜 아버지가 계속 눈감아 줄 수밖에 없었는지도 알 것 같았다. 그동안 많이 힘들었을 아버지를 생각하니 가슴이 미어졌다. 아버지를 피하기만 한 것이 후회되었다. 괴롭고 외로운 시간을 혼자 버텼을 아버지 옆에 있어 주지 못한 자신이 원망스럽다. 결은 안승우를 보았다. 망연자실 멍하니 서 있었다.

밖으로 나온 결은 바람에 흔들리는 나뭇가지를 바라보았다. 사사삭, 가지가 흔들릴 때마다 나뭇잎 비비는 소리가 들린다. 순간 덕배가 해 준 말이 생각났다.

"나뭇가지가 많이 흔들릴수록 잎은 더 무성해지는 거래."

나무에게 소중한 것은 잎이다. 앞으로 이 나무는 얼마나 더 흔들려야 무성한 잎을 이룰까? 아버지는…… 선배는…… 얼마나 더 흔들리고 아파야 소중한 것들을 지킬 수 있을까?

결은 화가 났다. 정작 잘못한 사람은 큰소리치며 살고 있는데, 피해를 본 사람들은 전전긍긍 힘들어하고 있으니 분통이 터진다. 백성들의 눈과 귀가 되어야 할 조보가 거짓으로 만들어지고 있다. 이런 조보가 무슨 소용일까. 사람의 목숨 줄을 끊는 것만이 살인이 아니다. 보지 못하게 하는 것도 살인이다. 듣지 못하게 하는 것도 살인이다.

집으로 돌아온 결은 댓돌에 놓인 아버지 신을 보았다. 덩그러니 놓인 모습이 유난히 쓸쓸해 보인다. 들어가 무슨 말이라도 하려던 결은 마음을 돌렸다. 지금은 혼자 계시는 게 나을 것 같다.

저녁 준비를 도우려고 부엌으로 들어갔다. 어머니가 아궁이 앞에 앉아 장작불을 바라보고 있었다. 근심이 가득한 얼굴이다. 결은 요즘 어머니가 아버지 때문에 많이 힘들어하고 있다는 걸 안다. 할아버지를 지키기 위해 어쩔 수 없이 선택한 일이지만 아버지 성격에 스스로 못 견뎌 하는 걸 옆에서 보면서 어머니는 자책하고 있다. 친정이 연관되어 죄인처럼 아무 말 못 하고 묵묵히 일만 하고 있다. 그런 어머니를 바라보는 결은 마음이 아프다. 어머니, 이건 비리를 저지른 그들의 잘못이지, 아버지의 탓도 어머니의 탓도 아니에요…….

"어머니, 제가 불 볼게요. 잠깐 쉬세요."

김이 나기 시작하는 밥솥을 보며 결은 일부러 밝은 목소리로 말했다.

"아버지는 특히 너를 대할 면목이 없을 거다."

앞도 뒤도 없이 불쑥 내뱉은 말에 결은 어머니를 바라보았다. 어머니는 불쏘시개로 장작불을 뒤적이며 말을 이었다.

"담이 낳기 바로 전이니 네가 딱 담이 나이였을 때다. 기억 안 나느냐? 거짓말해서 아버지한테 크게 혼났던 일."

거짓말해서 혼났던 일? 어렴풋이 그때의 일이 떠올랐다.

눈이 많이 온 날이었다. 결은 골목에서 덕배와 놀았다. 저 앞에 목표물을 정해 놓고는 눈덩이를 주먹만 하게 만들어 맞히는 시합을 했다. 몇 번 결에게 진 덕배는 약이 올랐는지 돌을 넣어 눈덩이를 만들었다. 눈덩이가 무거우면 더 잘 맞힐 거로 생각한 것이다. 좁은 골목이라 혹시라도 누가 맞으면 어쩌나 걱정된 결은 말렸지만 덕배는 기어코 돌을 넣은 눈덩이를 만들어 던졌다. 결이 걱정한 대로 덕배가 던진 눈덩이가 담벼락을 넘어 남의 집 장독을 깨고 말았다. 결국 범인으로 지목된 덕배는 장독 값을 물어 줘야 할 판이었다. 그런데 덕배가 모르는 일이라고 발뺌했다. 어머니의 불벼락이 무서워 자기가 갔을 때는 이미 깨진 뒤였다고 거짓말을 하더니 급기야 결을 증인으로 내세웠다. 결은 당황했지만 두려움에 떨고 있는 덕배의 눈을 마주치자 차마 사실대로 말하지 못하고 고개를 끄덕였다. 그러자 장독 주인은 범인을 잡아내기 위해 온 동네 아이들을 찾아다니며 족쳤다. 결국 덕배가 던지는 걸 본 다른 아이의 증언으로 사실이 밝혀졌고, 그날 저녁 사건의 경위를 전해 들은 이필선은 결을 앉혀 놓고 크게 야단쳤다. 결은 그때 아버지가 한 말은 기억나지 않는다.

"네가 덕배를 위해서 모른 척했다고 하자 어린 네가 알아먹지도 못할 말을 하며 꾸짖더구나. 그땐 옆에서 들으면서 어이가 없었는데 지금 생각해 보니 늘 그 마음을 가지고 살아야 한다고 자신에게 곱씹는 다짐이 아니었나 싶다."

"그때 아버지가 무슨 말씀을 하셨는데요?"

"이야기의 요점은 한 사람을 살리기 위한 잘못된 행동이 자칫 여러 사람을 죽일 수 있다는 거였어. 친구의 잘못을 눈감아 준 어린 딸에게 그렇게 말한 양반이니 지금 심정이야 오죽하겠느냐. 그러니 아버지를 너무 원망하지 말거라……."

결의 어머니는 서로 소원해진 남편과 딸의 모습을 보면서 마음이 아팠다. 둘은 그 어떤 부녀보다 돈독한 사이였다. 친정에서 아버지와 대화 없이 지내던 자신으로서는 부러울 따름이었다. 그런데 같이하던 공부도 하지 않고 데면데면한 두 사람을 보면서 너무 속이 상했다. 오라버니를 탓하며 연을 끊어야겠다고 마음먹기도 했다.

결은 아버지에게 다그치며 따지던 자신의 모습이 떠올랐다. 그위로 힘들어하던 아버지의 얼굴이 떠올랐다. 아, 아버지……. 결은 가슴이 찢어질 듯 아려 왔다.

타닥, 아궁이 속 불길이 장작을 때리며 타오르자 부글부글 끓던 밥물이 솥뚜껑 밖으로 넘쳐흘렀다. 결도 참지 못하고 눈물을 쏟아 냈다.

결은 일찍 기별청으로 나가 점심도 거른 채 일만 했다. 마음이 복잡해 일에만 집중하고 싶었다.

"자네들 들었는가? 이필선 나리가 조금 전에 사직하셨다네."

임시 서리가 급히 들어와 전했다. 놀란 결은 쓰고 있던 붓을 멈추었다. 그러고는 그대로 나와 아버지를 찾았다. 어제 안방 불이 밤늦도록 켜진 것을 보며 아버지가 잠을 이루지 못한다고만 생각했다. 그런데 그 시간 아버지는 기별청을 그만둘 결심을 하고 있었다. 많이 힘든 상황인 건 짐작했지만 이런 결과는 전혀 예상하지 못했다. 아버지는 조보를 만드는 기별 서리로서의 자부심이 강하고, 자신이 하는 일에 대한 사명감이 투철한 분이다. 그런데

평생 몸담아 온 일을 이렇게 그만둔다고? 그럴 리 없어. 아니지
요, 아버지? 결은 믿을 수가 없다. 설령 사실이라고 하더라도 말려
야 한다. 불안하고 급한 마음에 발을 접질렸지만 결은 바로 일어
나 달려갔다. 안승우가 먼저 와 있었다.

"이게 해결 방법은 아니지 않습니까? 이렇게 가 버리시면 여긴
어쩌라고……."

안승우는 이필선에게 따지듯 말했다. 결은 아버지를 쳐다보았
다. 이미 마음을 굳힌 얼굴이다.

"더는 끌려다닐 수 없지 않은가. 지금으로선 이 방법밖엔 없네.
그리고…… 누구라도 다치게 되는 건 원치 않네."

이필선은 기별청에서 더는 소신대로 일할 수 없다는 것에 좌절
감을 느꼈다. 그리고 자신으로 인해 동료들이 고통받으며 힘들어
하는 모습을 차마 더는 볼 수가 없다. 무엇보다 진실을 외면한 조
보를 만들었다는 죄책감이 이필선을 짓눌렀다.

"하지만 나리……."

"아니면 내가 죽네."

이필선의 단호한 한 마디는 잠깐의 깊은 침묵을 가져왔다. 안
승우는 그 어떤 말로도 이필선을 잡을 수 없다는 걸 알고는 멍하
니 천장만 바라보았다.

가만히 듣고 있던 결은 순간 다리에 힘이 빠져 휘청했다. 이필
선은 밖으로 나오다가 결을 보고는 잠시 멈칫했지만 그대로 걸어

갔다. 결은 얼른 뒤따라가 아버지를 붙잡았다.

"할아버지를 위해 그렇게 하신 거잖아요. 그런데 아버지가 이렇게 그만두시면……."

"이 고리를 여기서 끊지 않으면 안 될 것 같구나……."

결은 붙잡았던 손을 힘없이 놓았다.

절에서 돌아온 이상선은 이필선에게 그동안의 일을 전해 들었다. 이필선은 사직한 마당에 이야기를 하지 않을 수 없었다. 충격을 받은 이상선은 한동안 힘들어하다 급기야 자리에 눕고 말았다. 의원이 다녀가고 아들과 며느리의 지극한 병구완에도 차도가 보이지 않았다.

"누나, 그거 뭐야?"

수를 놓고 있는 누나에게 담이 물었다.

"숙제하는 거야."

숙제라는 말에 담의 눈이 휘둥그레졌다.

"할아버지가 절에 가실 때 내준 숙제를 아직 못 했거든."

병세가 점점 나빠지는 할아버지를 보면서 결은 전에 받은 숙제를 하자 마음먹었다. 하지 못한 숙제가 내내 마음에 걸리기도 하지만, 할아버지를 기쁘게 해 드리고 싶었다. 무엇을 수놓을까 고민하다 글자를 놓기로 했다. 풍경을 수놓기에는 시간이 너무 촉박하고, 꽃이나 새 또한 복잡해서 어려울 것 같았다. 아무것이나 수놓아도 된다고 했으니 글자여도 괜찮을 것 같았다. 그렇게 결정하고 나니 이번엔 어떤 글자로 해야 하나 고민이 생겼다. 그러다가 이왕이면 지금 하고 싶은 말로 하자는 생각이 들었다.

"나한테는 숙제는 미루지 말라고 그러더니 누난 이제야 하는 거야?"

결은 담을 바라보았다. 담이는 좀 더 진실하고 정의로운 세상에서 자기가 하고 싶은 일을 하면서 살 수 있으면 좋을 텐데, 그런 날이 언제나 올까. 결은 답답한 마음에 한숨을 내쉬었다. 담은 한숨을 쉬는 누나를 보며 숙제하기 힘들어서 그런다고 생각했다.

"누나, 힘들어도 해야지."

결은 웃으며 대답했다.

"네네, 알겠습니다. 아우님!"

"제가 가지고 갈게요."

결은 어머니가 들고 가던 탕약을 받아 할아버지 방으로 들어갔다. 할아버지는 언제 일어났는지 앉아 계셨다. 짱짱하던 모습은 찾아볼 수 없다. 할아버지는 원래도 살집이 없지만 그나마도 빠져 금방이라도 쓰러질 것 같았다.

탕약을 받아 천천히 드신 뒤 그릇을 내려놓자 결은 할아버지 앞으로 수놓은 천을 내밀었다. 할아버지는 이게 뭐냐고 묻는 듯 결을 쳐다보았다.

"할아버지가 내주신 숙제예요. 늦게 보여 드려 죄송해요."

이상선은 천을 펼쳐 보았다. 문장이 수놓아져 있었다. 서툰 솜씨가 여지없이 드러났지만 고생한 흔적이 역력했다. 글을 읽은 이상선은 놀란 표정이다.

글은 권력을 감시해야 한다.

잊을 만하면 찾아와 청탁하는 김완용을 보며 이상선이 이필선에게 한 말이다. 할아버지가 기별 서리인 아버지에게 당부하며 해 준 이 말은, 결이 글의 기능에 대해 신념을 확고하게 가질 수 있게 만든 말이기도 하다. 요즘 들어 자주 떠올라 수로 놓은 것이다.

"이 뜻이 무어라 생각하느냐?"

"글은 진실해야 하니 권력에 휘둘려서는 안 되고, 권력을 감시할 수 있어야 한다는 말입니다."

결을 바라보는 이상선의 눈빛에 아쉬운 마음과 기특한 마음이 섞여 있다. 이상선은 공부를 좋아하고 글을 잘 쓰는 영리한 결이 손자였으면 하는 생각을 늘 해 왔다. 여자아이가 글은 배워서 무엇 하냐고 타박한 건 결이 손자가 아닌 것에 대한 아쉬움의 표현이었다. 그런데도 기죽지 않고 꿋꿋하게 잘 커 준 손녀가 대견하다.

"할아버지…… 괜찮으세요?"

결은 많이 힘들어 보이는 할아버지 안색을 살피며 물었다. 할아버지는 고개를 끄덕이며 슬며시 웃어 주었다. 결은 한없이 좋았다. 할아버지가 이렇게 따뜻한 눈길로 바라보며 웃어 주는 건 처음 있는 일이다. 이 한 번의 웃음으로 그동안 할아버지한테 받았던 서운함이 단번에 사라졌다.

"결아, 이 할아비 말 명심하거라. 네 아버지를 저렇게 계속 둬서는 안 된다. 네가 잘 모셔야 한다……."

듬직한 손녀를 보며 마음이 놓인 이상선은 당부의 말을 남겼다. 결은 눈물이 차올랐다. 할아버지의 진심 어린 눈빛에 가슴이 뭉클했다.

이상선은 아들의 성격을 너무나 잘 알고 있다. 자신을 지켜 주기 위해 천직으로 생각한 기별청을 비리로 물들이고 나오기까지 했다. 그러니 지금 이런 끔찍한 상황을 못 견뎌 하며 심하게 자책하고 있다. 자신은 이제 생이 얼마 남지 않은 듯한데, 이러다가 아들마저 어찌 될까 걱정이다.

곧 떠날 것 같은 할아버지를 보니 결은 마음이 아프고 후회가 된다. 늘 원망하는 마음을 품고 있어 살갑게 다가가지 못했다. 할아버지와 더 긴 시간을 보내지 못한 게 못내 아쉽다.

며칠 후 이상선은 세상을 뜨고 말았다. 이필선은 절망감에 한없이 울기만 했다. 옆에서 지켜보던 결은 아버지도 할아버지처럼 될까 봐 무서웠다. 슬퍼하는 아버지의 모습에서 모든 걸 놔 버릴 것 같은 상실감을 읽은 것이다. 결은 자신이라도 정신을 차려야 한다는 생각이 퍼뜩 들었다. 아버지를 걱정하며 당부한 할아버지의 말씀도 떠올랐다. 슬픔과 책임감과 두려움이 동시에 몰려왔다. 숨이 턱 막혔다. 눈물도 나오지 않았다. 결은 우선 숨을 쉬고 싶었다. 잠시라도 바람을 쐬고 싶었다.

집에서 나와 걷던 결은 달리기 시작했다. 숨이 턱까지 차오를 때까지 달리고 또 달렸다. 어느 순간 몸에 힘이 풀리면서 다리에 쥐가 났다. 결은 그대로 꼬꾸라졌다. 넘어지면서 부딪친 무릎에서 피가 났다. 찢긴 살갗에서 송골송골 피가 나는데도 아픈지 몰랐다. 다친 곳은 무릎인데 가슴이 콕콕 쓰리면서 아려 왔다.

"괜찮아?"

뒤따라온 덕배가 결의 무릎을 살피며 물었다. 덕배도 숨을 몰아쉬며 헉헉댔다. 괜찮냐고 묻는 덕배의 말이 결의 가슴에 서럽게 다가와 박힌다. 순간 눈물이 왈칵 쏟아졌다. 잠시 아무 말 없이 지켜보던 덕배는 자신의 옷고름을 뜯어 피가 나는 결의 무릎을 동여맸다.

실컷 울고 난 결은 천천히 일어섰다. 옷소매로 눈물을 닦아 낸 뒤 입술을 앙다물며 결심했다. 이 모든 상황을 이대로 받아들일 순 없어. 억울하고 분한 거 다 갚아 줄 거야. 내가 할 수 있는 일이 있을 거야. 그래, 차근차근 생각해 보자. 할아버지를 위해서,

아버지를 위해서…….

"덕배야, 그만 집에 가자."

결이 앞장서 걸었다. 덕배는 결의 갑작스러운 행동에 당황스러웠다. 하지만 한편으로는 결이 기운을 차린 것 같아 안심했다.

하늘은 어느새 저물어 어둑했다. 별도 하나둘 빛을 보내고 있다. 결은 잠시 멈춰 서서 별을 바라보았다. 별을 보고 있으면 마음까지 밝아지는 것 같아 별바라기를 자주 하곤 한다. 반짝, 별 하나가 유난히 빛난다. 마치 손을 내밀어 신호를 보내는 것 같다. 문득 전에 할아버지가 아버지한테 해 준 말이 떠올랐다.

"아무리 짙은 어둠이라도 아주 희미한 빛 하나라도 나타나면 물러가게 돼 있느니라."

우연히 듣게 된 그 말이, 두 사람이 이야기를 나누던 모습과 함께 가슴에 남아 있다. 그때 정확한 의미는 알 수 없었지만, 짙은 어둠처럼 막막한 일도 아주 작은 희망만 보인다면 헤쳐 나갈 수 있다는 뜻이라고 생각했었다.

힘을 내서 앞으로 나아가라고 누군가 결의 등을 툭 밀어 주는 것 같았다. 아, 할아버지…….

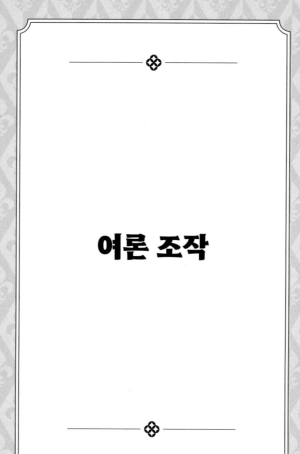

여론 조작

저잣거리에 나와 있던 결은 한쪽에서 웅성거리는 소리를 들었다. 싸움이 난 듯하다. 결은 생각이 복잡할 때 시끌벅적한 저잣거리 걷는 걸 좋아한다. 활기차게 살아가는 모습을 보면 왠지 기분이 좋아지면서 실타래처럼 엉킨 생각이 정리되기도 한다. 그런데 이런 싸움 장면은 별로 보고 싶지 않다. 그냥 지나치려던 결은 이내 걸음을 멈추었다. 싸우고 있는 사람 가운데 한 명이 아는 사람이다. 영의정인 최 대감댁 하인 김씨다. 아버지 심부름으로 대감댁에 가서 한 번 본 적이 있다. 결은 무슨 일인가 싶어 구경하는 사람들 가까이 다가갔다.

"이런 우라질, 네 놈이 뭔데 우리 대감마님을 비방하는거!"

"내가 없는 말을 한 것도 아닌데 왜 이 난리여!"

몸집이 큰 김씨는 상대의 멱살을 잡고 금방이라도 한 대 칠 기세다.

"뇌물 받은 거 네 눈으로 봤어? 봤냐고!"

"아니 땐 굴뚝에 연기 나남?"

먹살 잡힌 사람은 당당한 표정이다.

"우리 나리 청렴결백한 거 모르는 사람이 없는데, 뭔 소리야?"

"조보에 다 실렸다는데, 그럼 그게 참말이 아니고 뭐여. 조보에 거짓부렁이 났을 리가 있냐고?"

구경하던 사람들이 고개를 끄덕이며 호응했다. 사람 속은 알 수 없어도 나라에서 만든 조보에 기사가 났다면 거짓일 리 없다는 표정이다.

결은 조보라는 말에 가슴이 철렁 내려앉았다. 자신은 이미 경험해 아는 사실이다. 조작하려면 얼마든지 가능하다는 것을.

결은 아버지가 사직하고 얼마 지나지 않아 필사 일을 그만두었다. 그래서 지금은 기별청에 나가고 있지 않지만 충분히 일어날 수 있는 일이라는 것을 안다. 더군다나 최 대감은 덕망이 높고 청렴해 따르는 유생들도 많다. 아버지한테서 최 대감에 대한 칭찬을 여러 번 들은 적이 있다. 사람에 대해 함부로 판단하지 않는 아버지가 잘못 봤을 리 없다고 생각하며 결은 집으로 향했다. 아버지는 무슨 일인지 알고 있을지도 모른다. 안 그래도 혼자 고민해서는 아무것도 할 수 있는 일이 떠오르지 않아 아버지와 이야기를 나눠 보려던 참이다. 아버지도 어느 정도 마음을 수습하고 진정된 것 같아 김 판서 일당의 비리를 알릴 방법을 함께 의논하려고 마음먹었다.

마을 어귀에 막 들어서던 결은 담이 목소리에 걸음을 멈추었다. 상수리나무 아래서 친구와 놀고 있었다. 결은 담을 부르려다 멈추고 가까이 다가갔다.

"세 개를 뜻하는 글자는 이 중에 어떤 거야?"

담은 바닥에 놓인 종이를 가리키며 친구에게 고르라고 했다. 작은 종이에는 일, 이, 삼, 사…… 숫자가 하나씩 적혀 있었다.

"이거."

친구가 '삼'이라고 적힌 종이를 집어 들었다. 전에 담에게 속아 구슬을 뺏길 뻔한 그 아이다. 글을 모르는 친구에게 담이 글자를 가르치고 있었다.

"와, 잘했어."

담이 박수를 치며 좋아했다.

"그럼 네 개는?"

친구는 '사'라고 적힌 종이를 가리켰다. 담이 또 박수를 쳤고, 친구도 좋아서 방방 뛰었다.

"담아!"

누나를 보자 담이 뛰어와 안겼다.

"친구한테 글 가르쳐 주고 있었어?"

결은 동생 머리를 쓰다듬어 주며 물었다.

"응, 누나. 어디서 글을 몰라 당하는 일 없게 하려고 숫자부터 가르쳐 주고 있었어."

"뭐?"

결은 피식 웃음이 나왔다.

"너한테 당한 것처럼?"

"누나!"

"알았어, 알았어. 다신 그 얘기 안 하기로 했지. 우리 담이 정말
착하다."

결은 담이 기특해서 꽉 안아 주었다.

집으로 들어서던 결은 낯선 신을 보았다. 방에서 이야기 나누
는 소리가 났다. 아버지에게 손님이 찾아오자 결은 누구일까 궁
금했다. 아버지는 관직을 내려놓은 뒤로는 만나는 사람도 없는지
바깥출입을 거의 하지 않았다. 늘 방에서 책만 읽고 잠깐씩 산책
하는 게 일상이었다.

가까이 다가가던 결은 흠칫 놀랐다. 방에서 흘러나오는 목소리
는 안승우였다. 결은 반가운 마음에 눈물이 나려고 했다. 기별청
에 나가지 않은 뒤로는 한 번도 보지 못했다. 보고 싶기도 하고
이야기도 나누고 싶어 대궐 앞까지 여러 번 갔었다. 하지만 그때
마다 그냥 돌아왔다. 그런 선배가 지금 아버지와 함께 있다. 가슴
이 뛰고 얼굴이 달아오른다.

들리는 말소리만으로도 진지한 방 안 분위기를 짐작할 수 있

었다.

"나리, 어쩌면 좋습니까. 김 판서가 기별청을 완전히 장악해 버렸습니다."

"그게 다 무슨 소린가?"

이필선은 김 판서의 행보를 예상하지 않은 것은 아니지만 기별청을 장악했다는 말에 놀라움을 금하지 못했다.

"김 판서는 자기 사람들 비리 지우는 것도 모자라 아예 대놓고 상대편 모략하는 기사를 조보에 싣고 있습니다."

안승우는 기별청에서 최대한 버티며 막아 보려 하지만 역부족이다. 김 판서는 사직서를 내고 나간 이필선의 자리에 자기 사람을 심어 놓았다. 그러고는 기별청을 대놓고 좌지우지하고 있다. 자신에게 줄을 선 권세가들의 비리를 조보에 싣지 않는 것은 물론이고, 자신에게 유리하도록 기사를 조작하고 있다. 그렇게 유포된 허위 사실로 김 판서의 야욕에 걸림돌이 되는 대신들이나 유생들이 제거되고 있다. 아무리 임금과 백성들의 신망을 받는 이라 하더라도 조작된 조보의 위력 앞에서는 힘없이 무너질 수밖에 없다.

안승우는 더는 두고 볼 수가 없어 이필선을 찾아왔다. 기별청이 김 판서의 손아귀에 놓여 있는 한 어찌해 볼 길이 없다. 하루빨리 방안을 마련해야 한다. 이런 답답한 속을 드러내고 말할 수 있는 사람은 이필선밖에 없었다.

"나도 요즘 조보를 보고 돌아가는 사정을 대강 짐작은 하고 있었네."

이필선은 집에 있으면서도 조보를 구해 읽으며, 기별청이 제대로 운영되지 않는다고 짐작하고 있었다.

"영의정 나리까지 내치려 하자 몇몇 기별 서리들이 반기를 들고 일어섰다가⋯⋯."

더 듣지 않아도 무슨 일이 일어나고 있는지 직감한 이필선의 얼굴이 심하게 일그러졌다. 분노가 치밀어 올라 한동안 말을 못 하고 있던 이필선이 읊조리듯 나지막하게 말했다.

"내 잘못이 크네⋯⋯."

이필선은 모두에게 죄책감이 든다. 아버지한테도 기별청의 동료와 후배들에게도⋯⋯.

밖에서 듣고 있던 결은 저잣거리에서 본 싸움 장면이 생각났다. 백성들은 그나마 조보 내용으로 나라 돌아가는 사정을 안다. 그런 조보가 이렇게 어처구니없이 조작되어 배포된다면 분명 혼란을 가져올 것이다. 또한 진실이 가려지고, 거짓으로 왜곡된 조보는 백성들의 눈과 귀를 멀게 할 것이다. 두 사람의 이야기를 듣고 있는 결의 가슴에서 불기둥이 솟았다.

"나리, 해결할 길이 없을까요? 이대로 가다간 나라의 기강이 무너지고, 조정 또한 김 판서의 손아귀에서 놀아날 것입니다."

이필선은 깊고 긴 한숨을 내쉬었다.

"이대로 그냥 두고 볼 수야 없지. 하나 섣불리 나섰다간 도리어 다치게 될 걸세. 신중하게 방법을 찾아보도록 하세."

잠시 후 안승우는 방에서 나왔다. 밖에 서 있는 결과 마주치자 반가운 듯 인사했다.

"그동안 잘 지냈소?"

"네……."

결은 안승우를 만나게 돼 반가우면서도 한편으로 마음이 심란하다. 안승우가 결의 표정을 살피며 말했다.

"여기서 얘기 다 들은 거요?"

결은 고개를 끄덕인 뒤 저잣거리에서 목격한 일을 전했다.

"어쩌면 좋습니까? 사람들은 조보 내용을 다 사실이라고 믿는 것 같아요."

안승우도 착잡한 표정이다.

"궐 안에서도 마찬가지요. 반신반의하는 사람들도 있지만 사정을 모르는 사람들은 그대로 믿기도 하오."

결은 궐 안 상황이 그러하니 궐 밖에서는 오죽하랴 싶다.

"아니란 걸 알면서도 그걸 이용하는 사람도 있소."

놀란 결은 이내 씁쓸한 표정을 지었다. 글의 힘을 잘못 쓰면 사람을 죽일 수도 있다는 말이 다시금 떠올랐다. 할아버지도 아버지도 그렇게 당했잖아…….

"조보의 내용은 임금님이라도 함부로 조작할 수 없는 거 아니에요?"

결은 속상한 마음에 마치 안승우의 탓인 것처럼 따지듯 물었
다. 결의 마음을 알기에 안승우는 달래듯 말했다.

"걱정하지 마시오. 썩어 가는 부위를 도려내지 않으면 걷잡을
수 없게 되니 내 어떻게 해서든 방법을 찾아보겠소."

결은 무슨 수를 써서라도 김 판서의 만행을 막아야 한다고 생
각했다. 그러나 지금 당장은 방법을 찾기가 쉽지 않은 것 같다. 아
버지도 선배도……

안승우가 돌아간 뒤 방으로 들어서던 결은 눈을 동그랗게 떴
다. 담이 책상 앞에 다소곳이 앉아 글을 쓰고 있다. 할아버지가
돌아가신 뒤부터 담이 공부는 결이 시키고 있다. 분명 책을 읽고
있으라 했는데 종이를 펼쳐 놓고 붓으로 글을 써 내려가고 있다.
결은 동생이 공부에 재미를 붙인 것 같아 대견한 마음에 활짝 웃
으며 다가갔다.

"너도 이제 철이 드나 보구나. 무슨 글을 쓰고 있어?"

"우리 집 조보."

담이 씩 웃으며 말했다.

"우리 집 조보?"

"응, 누나가 기별청에서 조보를 만든 것처럼 나도 한번 만들어
봤어. 오늘 하루 우리 집에서 일어난 일을 관찰해서 적은 거야."

결은 호기심을 갖고 책상에 놓인 종이를 보았다. 읽어 내려가던 결의 표정이 점점 일그러졌다.

- 아버지는 방에서 책만 읽고 있음.
- 어머니가 약속을 안 지킴. 쑥버무리 쪄 주기로 하고는 덕배 형네 집에 가 버림.
- 누나가 방귀를 뀌었음. 냄새는 안 나 다행임.
- 날씨는 흐림. 비가 조금 오려고 하다가 그냥 가 버림.

"이게 뭐야. 아유, 이걸 그냥!"
붉으락푸르락 얼굴이 달아오른 결은 담에게 꿀밤을 먹였다.
"아야, 왜 때리는데? 사실을 그대로 썼잖아. 누나가 그랬잖아. 조보는 사실대로 써야 한다고."
"이건 제대로 된 기사가 아니라 있었던 일을 그냥 쓴 거잖아. 그리고 누나 흉보는 글이고."
"방귀 뀐 건 맞잖아."
"일단 이 종이는 누나의 권한으로 없앤다."
"내가 만든 건데 왜 누나가 없애?"
결이 들고 있던 종이를 찢으려 하자 담이 얼른 누나 손에서 종이를 낚아챘다.
"안 돼. 이건 내가 처음으로 만든 우리 집 조보라고!"

담이 종이를 들고 밖으로 뛰쳐나갔다.

"너 거기 안 서?"

결도 뒤쫓아 나갔다. 담이 급하게 신을 신으려다 그대로 자빠졌다. 집 안으로 들어오던 덕배가 얼른 달려와 담을 잡아 일으켰다. 담의 손에서 떨어진 종이를 덕배가 주워 들고는 읽어 내려갔다. 순식간에 일어난 일이라 뒤따라 나오던 결이 손쓸 겨를이 없었다.

덕배와 결의 눈이 마주쳤다. 결은 설마 하는 표정으로 덕배를 쳐다보았다. 비록 친한 사이지만 덕배가 알면 창피하다. 다행히도 덕배는 제대로 읽어 내지 못한 표정이다. 글자를 배우고는 있지만 아직은 많이 부족하다. 결은 얼른 종이를 낚아채 옷소매 안에 넣었다.

"무슨 일이야?"

덕배는 결이 숙제로 내준 글자 연습장을 내밀었다.

"네가 하라고 한 거 다 했어."

결은 훑어보고 난 뒤 흐뭇한 표정으로 덕배를 바라보았다.

"잘 썼어. 이대로 죽 가면 쉬운 글자는 금방 쓸 수 있겠어."

"근데 그 종이는 뭐야?"

"아무것도 아니야."

"내가 만든 조보……, 읍."

결이 담의 입을 막으며 방으로 들여보내고는 덕배에게 말했다.

142

"우리 산책하러 가자."

결은 답답한 마음에 시원한 바람을 쐬고 싶던 차였다.

덕배와 결은 뒷산 쪽으로 걸었다. 마침 바람이 불어와 결은 크게 심호흡을 했다. 오랜만에 하는 산책에 덕배는 기분이 좋은지 콧노래를 흥얼거렸다.

"어, 결아. 저기 좀 봐."

뒷산으로 오르는 길에 덕배가 말했다. 결은 걸음을 멈추고 덕배가 가리키는 곳을 보았다. 저 멀리 나무 위쪽에 크지도 작지도 않은 구멍 하나가 뚫려 있었다.

"저 구멍은 뭘까?"

"뭐긴 뭐야. 딱따구리가 뚫어 놨겠지."

"저게 딱따구리 둥지라고?"

결은 구멍을 다시 쳐다보았다. 결의 말에 가까이 다가가 나무 구멍 안을 들여다보던 덕배가 말했다.

"딱따구리 둥지가 맞는 거 같아. 이리 와 봐."

결이 다가가자 덕배가 손가락으로 구멍 안을 가리켰다.

"이거 봐. 딱따구리 털이야."

결이 까치발을 딛고 구멍 안을 살펴보니 아래쪽으로 빈 공간이 제법 넓었다. 순간 가슴이 찌르르 저려 왔다. 결은 나무를 가만히 쓰다듬었다. 딱따구리는 주둥이가 얼마나 아팠을까. 이 보금자리를 마련하기 위해 얼마나 노력해야 했을까. 그래, 아무것도 안 하면 아무것도 얻을 수 없어. 얻고 싶은 만큼만 노력해서도 안 되는 거야. 얻고자 하는 것의 몇 배의 노력을 해야 하는 거야. 나는 내가 하고 싶은 걸 하기 위해 얼마나 노력했을까? 이 나무에 구멍을 내고 보금자리를 마련한 딱따구리에 비하면 부끄러울 뿐이야.

"오늘은 딱따구리한테 배우네……."

결은 혼잣말처럼 툭 내뱉었다.

"그런데 결아, 나 더 열심히 배울래. 아까 종이에 적힌 글을 보고도 다 알 수 없어서 답답했어. 아예 하나도 몰랐을 땐 안 그랬는데, 아는 글자들이 하나둘 생기니 궁금해지는 만큼 더 답답해. 참, 누나라고 쓴 것 같던데 '방' 자는 알겠는데 그 뒤에 글자는 뭐였어?"

순간 뜨끔해진 결이 쏘아붙이듯 말했다.

"스스로 공부해서 알아야지."

덕배는 결의 유별난 반응에 당황스러웠지만 이내 고개를 끄덕였다.

"알겠어, 내가 더 열심히 공부할게. 근데 아까 담이가 조보라고 한 소리는 뭐야?"

"아, 우리 집 조보라고 만들었어……."

결은 말하다 말고 멈칫했다. 좋은 생각이 떠오른 듯 눈을 반짝였다. 얼굴에 화색이 돌았다. 그래, 그거야……. 이 방법으로 해 보는 거야!

"왜 그래?"

덕배가 생각에 잠긴 결을 깨웠다.

"덕배야!"

결이 진지한 얼굴로 불렀다. 덕배는 결이 언제 이런 표정을 짓는지 안다. 진짜로 큰 결심을 하거나 중요한 이야기를 할 때의 표정이다.

"왜?"

"너 나랑 함께해 줄 수 있어?

"뭘?"

"뭔가 할 수 있는 방법이 떠오른 것 같아. 네 도움이 필요한 일이야."

덕배는 결의 얼굴을 말없이 바라보았다. 무슨 일인지는 몰라도 함께하자는 말에 기분이 좋다. 그리고 보아하니 어떤 일인지 물어봐도 지금은 더 이야기해 줄 것 같지 않다.

"알겠어. 네가 하는 일이라면 뭐든 함께할게."

자신을 믿고 따라와 준다는 덕배 말에 결은 웃음을 지어 보였다. 덕배는 늘 고마운 친구다. 그래서 고맙다고 말하는 게 새삼스럽다. 그리고 말로는 고마운 마음을 온전히 표현할 수 없을 것 같다.

"왜?"

덕배는 결이 말없이 자기를 쳐다보자 못내 쑥스러웠다. 결이 피식 웃으며 말했다.

"그냥 네가 내 친구인 게 좋아서."

덕배는 기쁜 마음에 활짝 웃다가 친구 이상은 안 된다고 못 박는 말인가 싶어 울적해졌다.

"그만 집에 가자."

결은 마음이 급해졌다. 내일 아버지와 선배를 만나서 이야기하려면 얼른 집에 가서 생각을 정리해야 한다.

저녁을 먹고 마당으로 나온 결은 하늘을 올려다보았다. 결심은 굳혔지만 결코 쉬운 일이 아님을 안다. 해결해야 할 일도 많고, 잘못하면 여러 사람이 힘들어질 수도 있다. 잘 해낼 수 있을까 하는 걱정과 불안한 마음이 한꺼번에 밀려온다. 그 순간, 제대로 성장하고 뿌리내리기 위해서는 그만큼 견뎌 내야 할 일이 많다고 한 할아버지 말씀이 떠올랐다. 그래, 시작하기도 전부터 약한 마음 갖지 말자.

마당을 거닐며 마음을 다지던 결은 아까 산에서 내려올 때 덕배가 한 말이 생각났다. 예전보다 이른 시기에 핀 꽃을 보며 덕배가 웃으면서 말했다.

"꽃은 피어날 시기가 왔다고 판단하면 미루지 않고 이렇게 피는 것 같아. 피어야 하면 피는 거지, 나중에 된서리를 맞는 한이 있더라도 말이야."

맞아, 해야 할 일이 있으면 하면 되는 거야. 어떤 된서리를 맞을지 모르지만 너무 걱정하지 말자고 결은 스스로 다독였다. 마음을 정리하고 나자 입가에 웃음이 번졌다. 늘 무언가 막히고 힘들 때면 덕배의 말이 힘을 주고, 길을 만들어 준다. 덕배 네가 내 친구여서 정말 좋다…….

결은 심호흡을 크게 한 번 내뱉고는 방으로 들어갔다.

속보

"무슨 할 말이더냐?"

이필선은 안승우까지 불러들인 딸을 보며 물었다. 안승우도 무슨 일인지 궁금한 표정으로 결을 바라보았다. 결은 긴장한 채 얼른 말을 꺼내지 못했다. 한참 뒤 몇 번 목을 가다듬더니 자신의 계획을 꺼내 놓았다.

"우리가 조보를 만들어요."

두 사람은 놀란 듯 눈이 커졌다. 무슨 뜻인지 얼른 이해되지 않는 표정이다.

"김 판서의 비리와 그가 그동안 조보를 조작한 사실을 모두 실어 만드는 거예요. 그걸 배포해서 세상 사람들이 진실을 알게 하는 거죠."

결은 담이 만든 '우리 집 조보'에서 이 방법을 생각해 냈다. 김 판서는 조보를 조작해 백성들을 혼란에 빠트렸다. 왜곡된 사실로 판단을 흐리게 하고, 서로 불신하게 만들었다. 그러니 제대로 된 조보를 만들어 진실을 알려야 한다. 많은 백성이 진실을 알게 되면 김 판서의 악행을 막을 수 있을지도 모른다.

"그러니까 조보를 따로 만들자는 것이오?"

안승우는 결의 제안에 관심을 보였다.

"말하자면 중대한 사건을 긴급하게 알리는 속보를 만드는 거예요. 그가 저지른 일을 샅샅이 적어 모두에게 알리는 거예요."

"나리, 아주 좋은 방법인 듯합니다."

안승우는 이필선을 바라보았다. 이필선은 얼른 판단 내리기가 힘든 표정이다. 어떻게 하면 김 판서의 악행을 막고, 기별청도 정상화할 수 있을지 고민하던 차였다. 딸의 제안을 듣는 순간 당황스럽기는 해도 재력도 권력도 없는 자신이 부딪쳐 싸워 볼 만한 방법이라는 생각이 들었다. 그러나 생각처럼 쉬운 일이 아니다. 그저 알고 있는 사실만으로 조보를 만들 수는 없는 것이다.

이필선은 결을 지그시 바라보았다. 이런 제안을 하기까지 혼자 얼마나 고민했을지 생각하니 마음이 아프다. 세상을 알아가는 재미에 빠져 하루하루를 보내도 모자랄 판에 이런 고민을 하게 한 것이 어른으로서 부끄럽다. 그러나 한편으로는 딸이 대견하다. 자신도 생각지 못한 일을 생각해 내고, 실행하려고 마음을 먹은 것만으로도 자랑스럽다.

"나리, 한번 해 보시지요. 김 판서가 이대로 더 가게 놔둘 순 없습니다."

안승우는 이필선의 안색을 살피다가 조바심이 나는 얼굴로 말했다. 안승우의 호응에 기분이 들뜬 결도 아버지의 침묵에 손에 땀이 났다.

"음······."

이필선은 쉽게 대답하지 못했다. 만약 이 일이 잘못되면 여러 사람이 다칠 수 있다. 하지만 이대로 그냥 있으면 더 많은 사람이 다치게 된다. 진실을 밝혀내고, 모든 걸 제자리로 돌려놓기 위해서는 힘든 과정이 따르기 마련이다. 아무런 희생 없이 얻을 수 있는 일은 없다.

이필선은 결심한 듯 안승우를 보며 천천히 고개를 끄덕였다. 혹여 반대하면 어쩌나 긴장한 채 지켜보던 결은 안도의 한숨을 내쉬었다.

"대신 결이 너는 안 된다."

이필선은 딸까지 위험에 빠트릴 수는 없었다. 결은 머리를 한 대 맞은 듯 멍했다. 나보고 이 일에서 빠지라고? 안 돼. 그럴 순 없어. 결은 강하게 고개를 흔들었다.

"그럴 수 없습니다, 아버지. 저도 같이할 수 있게 해 주세요."

결은 도움을 요청하듯 안승우를 간절한 눈빛으로 바라보았다. 안승우는 두 사람을 번갈아 쳐다보았다. 함께하고자 하는 결의 의지도 알겠고, 딸을 염려하는 이필선의 마음도 알겠다. 안승우는 결이 함께하길 바란다. 결의 역할이 절대적으로 필요하기 때문이다.

"이 일은 생각보다 위험한 일이다. 더군다나 넌 아직 어리고⋯⋯."

"어리고 여자라서요? 그럼 저에게 왜 글을 가르치고 필사 일을 맡기셨어요? 여자도 할 수 있는 일은 해야 한다고 말씀하셨잖아요. 저의 능력을 인정하셨기에 일도 맡기신 게 아닌가요? 무엇보다 속보를 만들려면 필사할 사람이 부족할 텐데요."

거침없는 딸의 모습에 이필선은 멍한 표정으로 바라볼 수밖에 없었다. 안승우가 거들고 나섰다.

"나리, 맞습니다. 필사할 양이 만만치 않을 겁니다. 그리고 따님의 능력은 기별청 서리들 못지않습니다. 앞에 나서지 않고 뒤에서 도울 테니 그렇게 위험한 일은 없을 겁니다."

결은 안승우의 든든한 지원에 고마운 눈빛이다. 이필선은 더는 반대할 수 없음을 알고 고개를 끄덕였다. 아버지의 허락이 떨어지자 결은 안도의 한숨을 내쉬었다.

결은 이왕 말한 김에 속보에 대한 자신의 의견을 말했다.

"궐에서 나오는 조보처럼 초서체로 쓰면 안 됩니다. 정자체로 써야 해요. 어떻게 해서든지 우리가 만든 속보를 많은 백성이 읽게 만들어야 하니까요. 그러려면 쓰는 데 시간이 더 걸리니 인력을 최대한 동원해야지요."

"함께할 수 있는 사람들이 얼마나 있겠나?"

이필선이 안승우를 보며 물었다.

"비밀리에 행동해야 하니 되도록 적은 수로 움직여야 할 듯합니다. 저와 함께 김 판서의 비리를 파헤치던 동료가 몇 있는데 그들 정도면 되지 싶습니다."

"비리를 발고하기 위해선 무엇보다도 정확한 증좌가 필요하네. 그게 부실하면 도리어 당할 수가 있어."

"그건 제가 어떻게든 모아 오겠습니다. 너무 염려하지 마십시오."

진실과 정의를 위해 자신이 무엇인가 할 수 있다는 생각에 결은 벌써부터 심장이 두근거린다. 증거 수집을 마치는 대로 다시 모이자고 약속한 뒤 자리를 파했다.

밖으로 나온 안승우는 따라 나온 결을 바라보았다.

"내 후배 가운데 제일 멋진 후배요. 우리 잘 해냅시다."

안승우는 결을 향해 엄지를 들어 보였다. 얼굴이 달아오른 결은 시선을 어디에 둬야 할지 몰라 안절부절못했다.

안승우를 배웅하고 막 돌아서던 결은 멈칫했다. 담장 바깥쪽에서 인기척이 나는 듯했다. 불안한 마음에 얼른 문밖으로 나가 둘러보았다. 땅거미 진 골목엔 아무도 없었다.

이튿날 결은 아침을 먹자마자 덕배네 집으로 갔다.

"왜 그렇게 봐?"

멀뚱히 쳐다보는 덕배에게 결이 물었다. 마당을 쓸고 있던 덕배는 빗자루를 옆에 세워 두고 말했다.

"너 그거 알아? 요즘 나 많이 찾아오는 거. 혹시 나 좋아하냐?"

덕배는 괜히 건드려 보는 말을 한다. 이렇게 말하면 결이 어떻게 반응할지 알기 때문이다. 덕배는 그 귀여운 모습이 보고 싶다. 결은 잠시 덕배를 흘겨보더니 이내 웃으며 말했다.

"그래, 너 좋아한다. 됐냐?"

한 대 때리거나 잔소리를 늘어놓을 줄 알았는데, 덕배는 당황한 나머지 아무 말도 못 하고 쳐다보기만 했다. 농담으로 하는 말이라도 기분이 좋아 배시시 웃음이 나오려는 걸 꾹 참았다.

"나한테 뭐 부탁할 거 있구나?"

"눈치 한번 빠르기는."

결은 씩 웃으며 토방에 걸터앉았다. 덕배는 궁금한 표정으로 결을 쳐다보았다. 결은 사뭇 진지한 얼굴로 이야기를 시작했다. 김 판서의 비리를 고발하기 위해 속보를 만들기로 한 그간의 사정을 자세하게 설명했다.

"내가 할 일은 뭐야?"

덕배는 결의 말이 끝나자마자 한 치의 망설임도 없이 물었다.

어릴 적부터 자신의 소신이 뚜렷하고 하고자 하는 바가 정해지면 끝까지 해내고야 마는 결이다. 특히 옳지 못한 일을 보거나 누가 억울하게 당하는 걸 보면 분개하며 참지 못했다. 가끔은 덕배 탓도 아닌데 덕배에게 화를 내며 분풀이할 때도 있었다. 그럴 때도 덕배는 그냥 다 받아 주었다. 그런 결을 좋아하니까. 그래서 덕배는 결이 하려는 일은 무조건 믿고 지지한다. 그동안 옆에서 결을 지켜봐 온 덕배는 이번 일이 얼마나 중요한지 알 것 같다.

"우리가 만든 속보가 나오면 최대한 빨리 돌려서 많은 사람이 읽을 수 있도록 해야 해. 네가 배포하는 일을 맡아 줘."

"알았어. 내 달리기 실력 알지? 네가 뒷산 한 바퀴 돌 때 나 두 바퀴 도는 거."

덕배가 웃으면서 말했다. 결도 같이 웃었다. 늘 옆에서 힘이 되어 주는 덕배가 든든하다.

"참, 그런데 방금 네가 조보를 만들면 많은 사람이 읽도록 해야 한다고 했잖아."

덕배가 문득 생각난 듯 말했다.

"그렇지."

"근데 필사하려면 힘들지 않아? 밤을 새워 쓴다 한들 그 양이 얼마나 되겠어? 위험을 무릅쓰고 하는 일인데 이왕이면 많이 만들어 배포해야지. 활자로 만들어 인쇄하는 건 어때? 인쇄하면 많은 양을 찍어 낼 수 있을 텐데."

"활자 인쇄 조보?"

결의 눈이 왕방울만 해졌다. 필사가 아닌 깔끔하고 정확한 활자 인쇄 조보! 결은 생각만 해도 가슴이 두근거린다. 그렇게만 될 수 있다면 제작하는 속도도 빨라지고, 계획한 대로 성공할 가능성도 높아질 것이다. 하지만…… 어떻게? 활자로 조보를 만들려면 장비와 기술이 있어야 할 텐데. 결은 갑자기 기운이 빠졌다.

"그렇게 할 수만 있다면 더할 나위 없이 좋지. 그런데 그게 가능하냐는 거지……."

"음…… 알아봐야겠지만 어쩌면 할 수 있을지 몰라."

"정말?"

결은 기대에 찬 눈빛으로 덕배를 보았다. 그냥 내뱉어 보는 말로는 들리지 않았다.

"우리 친척 중에 한 분이 전에 주자소에서 일하다가 지금은 목판으로 책을 찍어 내는 일을 하고 계셔. 내가 가끔 가서 일을 도와드리기도 했어. 김 판서를 몰아내는 일이라면 기꺼이 도와주실 거야. 그 집안이 김 판서의 모략으로 아주 힘들었거든."

결은 심장이 마구 뛰기 시작했다. 그래, 덕배 말대로 된다면 충분히 가능한 일이야. 아니, 내가 꼭 만들 수 있도록 할 거야. 결은 설레는 마음을 주체할 수 없어 덕배의 손을 덥석 잡고는 흔들었다. 덕배의 심장이 쿵쿵 뛰었다.

"그렇게 좋아?"

"응. 이번 일 꼭 성공시켜서 나쁜 놈들 벌주고, 아버지에게 기별청을 되찾아 주고 싶어. 또 우리 할아버지……."

결은 울컥해 말을 잇지 못했다. 할아버지를 돌아가시게 하고, 아버지가 천직으로 여기는 일을 놔 버리게 만든 김 판서 일당을 혼내 주고 싶다. 권력을 이용해 백성들의 눈과 귀를 멀게 한 김 판서 일당이 죗값을 치르도록 하고 싶다.

"결아, 걱정하지 마. 우린 꼭 해낼 거야. 나도 한다면 하는 사람이야. 나 글 배우는 거 보면 알잖아."

결은 덕배를 바라보았다. 자신을 위해서라면 늘 앞장서 도와주고 곁을 지켜주는 친구다. 앞뒤 재지 않고 무조건 함께해 주는 덕배가 정말 고맙다.

집으로 가던 결은 뒤에서 나는 인기척에 돌아보았다. 분명 소리를 들었는데 아무도 없다. 결은 왠지 찜찜하다. 누군가 집 주변을 맴돌며 지켜보고 있는 것 같다. 내가 너무 예민한가? 큰일을 앞두고 있으니 괜히 신경이 쓰여 그럴 거야. 결은 불안한 생각을 털어 버리려고 고개를 흔들었다.

결은 저녁을 먹은 후 방에서 책을 읽다가 서랍에서 자신이 필사한 조보를 꺼냈다. 가만히 들여다보다가 마지막 기사 옆에 자신의 이름을 써 넣었다. 비록 필사만 했을 뿐이지만 볼수록 뿌듯하다. 그래서 자신의 흔적을 남기고 싶었다. 아, 이 일을 계속할 수 있으면 좋을 텐데. 필사도 좋지만 직접 기삿거리를 찾아내고 조사해서 조보에 실을 수 있으면 얼마나 좋을까? 그리고 덕배 말대로 활자 인쇄 조보로 만들어 낸다면……. 결은 생각만 해도 가슴이 벅차올라 들고 있던 조보를 품에 꼭 안았다. 잠시 뒤 조보를 책상 위에 다시 놓고는 자신의 이름을 가만히 들여다보았다. 이렇게 기사마다 쓴 사람의 이름을 적어 넣는다면 더 책임감 있게 조보를 만들지 않을까? 결은 두 주먹을 불끈 쥐었다. 그런 날이 오려면 기별청이 한 사람의 손에 장악되어서는 안 돼. 더는 김 판서가 조보를 조작하지 못하게 막아야 해.

"정말 함께하겠다고 하더냐?"

며칠 후 다시 모인 자리에서 이필선이 덕배에게 물었다. 이미 결에게 들어 인쇄 조보가 가능한지 기대하고 있던 터였다.

"네, 날을 잡아 알려 주면 바로 준비한다고 했습니다."

덕배는 친척 아저씨에게 동참하겠다는 답을 듣고 오는 길이다.

"정말 잘됐습니다. 제가 증좌를 모아 왔으니 이제 원본을 만들어 활자로 찍어 내 배포만 하면 됩니다, 나리."

안승우는 가지고 온 증거들을 보여 주었다. 그동안 김 판서가 저지른 비리를 적은 종이와 김 판서가 기별 서리들에게 압력을 가해 조작된 내용을 필사하도록 한 증거를 모아 왔다. 승정원에서 준 기사 내용과 다르게 필사된 부분을 따로 표시해 둔 조보들을 꺼내 놓았다.

"그렇게 하세. 김 판서가 또 계략을 꾸미기 전에……."

"저도 원본 만드는 일을 함께하겠습니다."

결이 말하자 안승우가 고개를 끄덕였다.

속보를 배포하는 날을 최대한 빨리 잡아 삼 일 뒤로 정했다. 이필선이 전체적인 구성을 하고, 안승우와 결이 원본을 쓰기로 했다. 날을 새서라도 원본 작업을 내일 안으로 마쳐야 한다. 그래야 하루 동안 인쇄를 하고, 그다음 날 동트기 전까지 배포할 수 있다.

덕배는 인쇄하는 날짜를 알리러 아저씨에게 가고, 세 사람은 남아 본격적으로 일을 시작했다. 김 판서의 비리를 적은 종이를 읽어 내려가던 결은 손이 떨렸다. 다시금 울분이 차올랐다. 만천하에 진실을 알려야 해……. 결은 다시 정신을 가다듬었다.

잠시 뒤 결은 종이를 내려놓고 급히 방문을 열었다. 어느덧 깜깜해진 밖에는 달빛만 덩그러니 마당을 비추었다.

"왜 그러시오?"

안승우가 결을 보며 물었다. 이필선도 딸을 쳐다보았다.

"아, 아닙니다. 바람 소리였나 봅니다."

두 사람에게 걱정을 끼치기 싫어 말은 그렇게 했지만 결은 자꾸만 신경이 쓰인다. 도대체 뭐지? 결은 계속 바깥 소리에 귀를 곤두세웠다.

동트기 전

"이 정도면 잘된 것 같네. 두 사람 고생했네."

이필선은 완성된 조보 원본을 쭉 훑어본 뒤 말했다. 꼬박 날을 새고 저녁이 되어서야 일이 끝났다. 자칫 허술한 부분이 있었다가는 김 판서에게 빠져나갈 구실만 제공할 것이다. 그렇기에 일일이 사실을 확인하고 작성하느라 생각보다 시간이 오래 걸렸다. 그래도 인쇄를 맡기기로 한 시간 안에는 끝마쳤다.

이필선은 곁을 쳐다보았다. 피곤한 기색보다는 각오를 다지는 얼굴이다. 딸이 언제 저렇게 컸나 싶다. 야무지고 당찬 줄은 알았지만 이런 위험한 일을 하면서도 겁내지 않고 주도적으로 나서는 모습에 가슴이 뭉클했다.

"아닙니다. 나리가 고생 많으셨습니다. 원본은 제가 내일 아침 인쇄소로 바로 가지고 가겠습니다. 나리가 움직이시면 자칫 이목을 끌 수 있어 위험할 듯합니다."

이필선도 그편이 안전하다고 판단해 조보 원본을 안승우에게
건넸다.

"그럼 저는 날 밝는 대로 덕배와 함께 인쇄소에 가 있겠습니
다."

결의 말에 안승우는 고개를 끄덕였다.

결은 일찍 잠자리에 누웠다. 긴장이 풀리니 몸 여기저기가 뻐
근하고 욱신거렸다. 그래도 내일 일을 생각하니 가슴이 두근거렸
다. 비록 비리를 고발하는 속보지만 자신이 직접 쓴 조보가 활자
로 인쇄된다는 사실이 믿기지 않는다. 내일 아침 일찍 덕배와 같
이 인쇄소로 갈 것이다. 선배가 원본을 들고 오면 활자를 찾아 판
을 짜고, 원하는 만큼 인쇄해 배포하면 된다.

눈을 감고 내일 할 일을 순서대로 생각해 보는 결의 얼굴에 웃
음꽃이 피어났다. 그리고 이내 까무룩 잠이 들었다.

다음 날 아침 일찍 결은 활동하기 편하게 남복을 입고 덕배와
함께 인쇄소로 출발했다. 마음 따라 발이 움직여지는지 걷다가
빠른 걸음이다가 이내 달렸다. 불어오는 아침 바람이 여느 때와
다르게 느껴진다. 이 순간을 위해 특별히 찾아온 바람 같다. 결은
가만히 선 채 바람을 몸 깊숙이 들이마셨다.

"덕배야, 너도 바람을 마셔 봐. 바람이 몸속을 휘젓고 다니는
것 같아."

덕배도 바람을 들이마셨다. 둘은 서로 쳐다보며 웃었다.

해가 완전히 모습을 드러낼 때 덕배와 결은 인쇄소에 도착했다. 그런데 안승우가 오지 않는다. 늦어지나 싶어 계속 기다리는데도 오지 않자 결은 불안해진다. 이렇게 늦을 리가 없는데 무슨 일이지?

"결아⋯⋯."

덕배도 불안한 표정으로 결을 쳐다보았다.

"선배님도 이 시간만 기다렸을 텐데⋯⋯."

결은 입술이 바짝 타들어 갔다. 이리저리 살피며 안절부절못하던 결이 도저히 안 되겠다는 표정으로 말했다.

"덕배야, 혹시 모르니 너는 여기서 기다려."

"어쩌려고?"

덕배가 걱정스러운 얼굴로 결을 보았다.

"아무래도 가 봐야겠어."

결은 집으로 달렸다. 혹시 무슨 일이 생겨 일정이 바뀌었을 수도 있어. 아버지는 알고 계실 거야. 그러나 달려가는 내내 엄습해오는 불안감을 떨쳐 낼 수 없었다.

쉬지 않고 달려 집에 도착한 결은 마당에 주저앉아 울고 있는 어머니와 동생을 보았다.

"어머니, 담아!"

"이 일을 어쩌면 좋으냐. 포도청에서 너희 아버지 끌고 갔다."

"누나, 아버지 어떡해!"

결은 충격에 앞이 깜깜해지며 어지러웠다. 일이 발각된 게 분명하다. 그렇다면 선배도 잡혀가서 못 온 거야. 이게 어떻게 된 일이지……. 순간 결은 그동안 누군가 주변에서 맴돌고 있다는 불길한 예감이 틀리지 않았음을 깨달았다. 잘못하다가는 준비한 일이 물거품 되는 건 물론이고, 아버지와 선배를 비롯해 여러 사람이 다치게 된다.

결은 갑자기 머릿속이 하얘지면서 구토가 일어났다. 황급히 마당 한쪽으로 가 토해 냈다. 주저앉아 있던 결은 벌떡 일어났다. 정신 차려, 이결! 결은 자신을 향해 소리쳤다. 이러고 있을 시간이 없다. 아버지와 선배를 잠깐이라도 만나야 한다.

"어머니 집에 있는 쌀 좀 챙겨 주세요."

울고 있던 어머니가 결을 바라보았다. 다짜고짜 쌀을 달라고 하니 영문을 모르겠다는 표정이다.

"빨리요, 얼른 아버지를 만나야 해요."

결은 어머니가 챙겨 준 보자기를 안고 포도청으로 뛰었다. 이 정도면 잠깐의 면회는 할 수 있겠다고 생각했다.

포졸에게 통사정한 끝에 결은 아주 잠깐의 시간을 허락받았다. 이필선과 안승우는 함께 갇혀 있었다. 결은 가까이 다가가 감옥 창살을 잡고 울먹이며 물었다.

"어떻게 된 거예요?"

이필선과 안승우는 침통한 표정이다. 안승우는 생각할수록 억울하고 분통이 터지는지 주먹으로 바닥을 쾅쾅 내리쳤다.

그동안 김완용이 김 판서의 지시를 받고 이필선과 안승우를 감시했다. 김 판서는 이필선이 관직을 내려놓았지만 워낙 완고한 인물인데다 이상선이 죽었으니 가만히 있지는 않을 거로 생각했다. 또한 안승우는 기별청에서 김 판서가 하려고 하는 일마다 번번이 반기를 들어 눈엣가시였다. 그래서 두 사람은 김 판서의 표적이 되어 감시를 받아 왔다. 두 사람을 염탐하던 김완용을 통해 자신의 비리 폭로 계획을 알게 된 김 판서는 노했고, 급기야 이들에게 죄목을 만들어 덮어씌운 것이다.

"자신의 비리를 폭로하려 했다는 사실은 말하지 못할 것 아니에요? 그러면 도대체 무슨 죄로?"

"나라의 기밀문서를 빼돌렸다는 죄목이오."

안승우가 절망한 표정으로 대답했다. 김 판서는 안승우가 기별청에서 증거를 모으고 있다는 사실을 알고는 기별청 서리를 매수했다. 안승우가 서리에게 이런저런 부탁을 하면 들어주는 척하면서 모든 걸 기록해 두게 했다. 그것으로 기밀문서를 빼돌린 혐의를 씌우기 위함이다.

"나리, 어쩌면 좋습니까? 원본까지 빼앗기고, 이리 갇히게 되었으니……."

이필선은 질끈 눈을 감은 채 입술을 깨물었다. 두 사람을 바라보던 결의 눈에 핏발이 섰다. 죄 없는 사람을 거짓으로 꾸며 이렇게 가두면서까지 가지려는 그 권력은 무엇인가? 다 짓밟고 올라간 그 끝에는 도대체 무엇이 있단 말인가?

결은 세상이 왜 이렇게 복잡한지 정말 모르겠다. 분노가 끓어오른다. 결은 주먹 쥔 손에 더욱 힘을 준다. 그래, 한번 붙어 보자. 이대로 가만있지 않을 거야. 절대로 물러서지 않을 거야! 결은 눈물이 나오려는 걸 손등으로 꾹 눌렀다.

"아버지, 선배님!"

결은 두 사람을 번갈아 보면서 자신의 결심을 이야기하려 했다. 그때 저쪽에서 포졸이 다가왔다. 포졸이 그만 나오라는 신호를 보내자 결은 나지막하게 한마디 하면서 일어섰다.

"뒷마무리는 제가 할 테니 두 분 몸 성히 계셔야 해요."

이필선과 안승우는 걱정스러운 표정으로 결을 바라보았다. 겁 없이 나섰다가 봉변이라도 당할까 싶어 걱정되지만 말려 보기도 전에 결은 서둘러 나갔다.

결은 집으로 돌아오자마자 방으로 들어갔다. 서랍에서 뭔가를 꺼내 품에 넣었다. 그때 어머니가 들어왔다.

"어머니, 아버지는 무사하니 걱정하지 마세요. 곧 돌아오시게 될 거예요. 그리고 저는 볼일이 있어 나갔다 올게요."

"어딜 가려느냐. 너까지 어찌 되면 난······."

결을 잡은 어머니의 손이 떨렸다. 시아버지 돌아가시고 남편은 잡혀가고, 이제는 딸까지 무슨 일을 당할까 두렵다.

"제가 나서지 않으면 아버지는 못 돌아오세요."

딸의 흔들림 없는 눈빛을 보면서 어머니는 잡은 손을 스르르 놓았다. 말린다고 가지 않을 결이 아님을 안다.

"차라리 이름을 그대로 두었으면 이런 모진 일은 겪지 않았을까 싶다만 인제 와서 그게 무슨 소용이겠느냐."

푸념하듯 뱉은 어머니 말에 결은 무슨 말이냐는 표정으로 쳐다보았다.

"원래 네 이름은 결이 아니야."

"네?"

"할아버지가 지어 준 다른 이름이 있단다."

"그게······ 뭔데요?"

"무명."

무명? 어디서 들어 본 듯한 이름이다. 어디서 들었지? 아, 덕배가 종이에 써 달라고 한 그 이름이야. 덕배는 어떻게 알았을까?

"제 진짜 이름이 무명이라는 말씀이세요?"

"그래, 호구단자에는 무명으로 적혀 있어. 네가 태어나고 많이 아팠단다. 거의 죽다 살아났지. 그래서 할아버지가 네 이름을 이름이 없다는 뜻의 무명으로 지은 거야. 이름 없는 길가 잡풀처럼 오래오래 건강하게 살라고."

"그러면 결이라는 이름은요?"

"네 아버지가 고집을 부렸어. 다른 건 할아버지 말이라면 아무
소리 못 하는 양반이 네 이름 가지고는 끝까지 고집을 부리더구
나. 그런 모습은 처음 봤어."

"아버지가요? 왜요?"

"아무리 그래도 사람 이름이 무명이 뭐냐고. 자기 딸을 그렇게
부르기도 싫고, 자기 딸이 그런 이름을 들으며 살아가게 할 수도
없다고 말이야. 호구단자에 이미 올려 바꿀 수 없다는 할아버지
말에 그럼 집에서 부르는 이름이라도 다시 짓겠다고 했지. 할아버
지는 자신을 쏙 빼닮은 아들의 고집을 꺾을 수 없자 허락하셨어.
그래서 지어 부른 게 결이란다. 하나하나 결을 이루며 나무가 자
라듯이 세상을 이루어 가는 결 같은 사람이 되라고……. 여자 이
름으로는 좀 거창한 이름이지."

결은 내심 놀랐다. 아버지가 아들딸 구별 없이 대하고 여자도
배워야 한다고 늘 말씀하셨지만 이렇게까지 생각할 줄은 몰랐다.
할아버지가 건강하게 오래 살라고 좋은 마음으로 지어 주셨겠지
만 무명이라는 이름은 자신도 싫다. 덕배가 써 달라고 했을 때 비
웃기까지 한 이름이 아니던가. 결이라는 이름에 아버지의 깊은
뜻이 담겨 있다고 생각하니 울컥했다. 아버지를 위해서라도 서둘
러야겠다고 결심했다.

"어디를 가려는지 묻지는 않으마. 기다리고 있을 테니 조심해서 다녀오너라."

어머니는 해 줄 말이 많았지만 조심하라는 말로 복잡한 심경을 대신했다. 결은 어머니께 인사하고 나오려다 뒤돌아서 말했다.

"어머니, 전 무명으로 불렸어도 이렇게 살았을 거예요. 저는 제인생을 정해진 대로 살지 않고, 만들어 가며 살 거니까요."

"누나, 가지 마."

마당에 서 있던 담이 울면서 누나 손을 잡았다.

"앞으로는 거짓말 안 하고, 공부도 열심히 할게. 그러니까 누나……."

결은 담을 꽉 안아 주며 말했다.

"누나 곧 돌아올 거야. 누나 갔다 와서 우리 집 조보 제대로 다시 만들어 보자. 그러니까 울지 말고 있어."

결은 담을 다독이고 난 뒤 곧바로 인쇄소로 향했다.

"어떻게 된 거야?"

결이 들어서자 덕배가 놀란 눈으로 물었다.

"시간 없어. 우리 빨리 해야 해."

"어떻게 된 거냐고? 우리 아저씨 잡혀갔어."

김 판서는 이필선과 함께 일을 도모한 관련자로 인쇄소 아저씨도 고발했다. 나라의 기밀을 인쇄해 다른 나라로 유출하려 했다는 죄목까지 붙였다.

결은 포도청에서 나눈 이야기를 덕배에게 전했다. 겁먹은 얼굴로 듣고 있던 덕배는 결이 걱정부터 했다.

"너는 괜찮겠지?"

결은 고개를 끄덕인 뒤 비장한 표정으로 말했다.

"덕배야, 내 말 잘 들어. 이제 아무도 우릴 도와줄 수 없어. 늦기 전에 우리 둘이 이 일을 해내야 해."

"우리 둘이?"

덕배는 순간 혼란스럽다. 어른들은 다 잡혀간 마당에 둘이 이 일을 마무리해야 한다니 머릿속이 복잡했다. 덕배의 표정을 살피던 결이 눈을 부릅뜨고 다시 말했다.

"내가 원본 내용대로 활자를 정리해서 줄게. 그럼 네가 인쇄하는 거야. 친척 아저씨 도와서 해 봤다고 했잖아. 할 수 있지? 해 보자, 덕배야."

"우리가 할 수 있을까?"

"이거 해내지 못하면 다 다쳐……. 아버지도 선배도 어찌 될지 몰라. 시간이 없어. 최대한 빨리 해야 해. 지금 이 일을 할 수 있는 사람은 너하고 나뿐이야."

결이 간절한 눈빛으로 덕배를 바라보았다. 덕배는 한번 해 보자며 고개를 끄덕였다.

"참, 안 서리님이 가지고 있던 원본 뺏겼다고 하지 않았어?"

결은 집에서 나올 때 챙겨 온 종이를 품 안에서 꺼냈다. 밤새워 만들었던 조보 원본이다. 누군가의 기척을 여러 번 감지한 결은 혹시 몰라 한 부를 더 필사해 놓았다. 이게 이렇게 쓰일 줄은 상상도 하지 못했다.

결은 원본을 들고 흔들며 씩 웃었다. 덕배도 엄지를 척 들어 보이며 웃음으로 화답했다. 친구지만 저 열정만큼은 정말 높이 살 만하다. 해야 할 일 앞에서 주저하지 않는 결을 보며 덕배는 민들레를 떠올렸다. 작지만 강하고, 비바람에도 꺾일 줄 모르는…….

결은 정신을 바짝 차렸다. 만약 다른 글자가 들어간다거나 들어갈 글자가 빠지면 안 된다. 그렇게 되면 내용이 왜곡될 수 있고, 뜻이 모호해질 수도 있다. 결은 활자로 앉힌 원본 내용을 확인하면서 최대한 속도를 냈다. 덕배도 마음을 단단히 먹었다. 완성된 조판에 종이를 올려놓고 찍어 내는 과정이 만만치 않기 때문이다. 각도가 조금이라도 비뚤어져도 안 되고, 힘이 약하게 들어가면 글자가 흐리게 나온다. 지금은 연습할 시간이 없다. 실수해서는 안 된다. 둘은 최대한 말을 줄이며 일에 집중했다.

결이 조판을 마치자 덕배가 찍어 내기 시작했다. 제대로 할 수 있을까 걱정이 이만저만이 아니었지만 몸이 기억하는지 예상보다 잘 해냈다. 둘은 옷이 땀으로 다 젖도록 쉬지 않았다. 한 장이라도 더 만들기 위해서는 잠시라도 쉴 수가 없다.

"조금만 더 힘내자."

땀을 비 오듯 쏟아 내는 덕배를 보며 결이 환하게 웃으며 말했다. 덕배도 땀을 소매로 닦아 낸 뒤 고개를 끄덕이며 웃었다. 누굴 비방하고 모함하기 위해 조작된 기사는 조보에 절대 실려서는 안 돼. 그 어떤 권력도 간섭할 수 없어야 해. 결은 다시 한번 결의를 다졌다.

태양의 빛이 조금씩 어둠을 몰아내기 시작할 때쯤 일은 마무리되었다. 덕배와 결은 조보를 한곳에 모았다. 꽤 많은 양이다. 이제 나가서 최대한 많은 사람에게 배포하기만 하면 된다. 두 사람은 구역을 나눠 조보를 배포하기로 했다.

둘은 서로의 얼굴을 쳐다보았다. 밤새 일한 탓에 둘 다 퀭한 눈에 볼이 움푹 들어갔지만 어느 때보다 생기가 넘쳤다.

"우리 한 장도 남기지 말고 다 돌리자."

덕배 말에 결이 고개를 끄덕였다.

"그래, 동이 트기 전에 다 돌려야 하니까 서두르자."

덕배와 결은 속보로 나갈 조보를 들고 각자 다른 방향으로 달리기 시작했다. 동쪽 지평선 끝에서 아침을 열기 위해 희미한 빛이 서서히 기지개를 켜기 시작했다.

꽃날

"이런 천인공노할!"

"예상은 했지만 이 정도로 파렴치한 인간이었다니."

"죄상을 낱낱이 밝혀 엄하게 다스려야 하지 않겠나."

저잣거리 상인들은 아침 일찍 저자 문을 열면서 덕배와 결이 배포한 속보를 보았다. 무슨 일인가 의아해하던 사람들은 기사를 읽고는 한마디씩 했다.

속보는 저잣거리뿐만 아니라 민가에도 뿌려졌다. 활자로 찍어 낸 속보는 많은 사람이 읽을 수 있었다. 직접 받아 보지 못한 사람들은 먼저 읽은 사람에게 전달 받아 읽었고, 글을 읽지 못하는 사람들은 읽어 달라 부탁해 사건의 경위를 알게 되었다. 김 판서 일당이 저지른 비리와 만행을 알게 된 사람들은 분개했다. 확실한 증거까지 실려 있어 속보에 대한 신뢰는 의심의 여지가 없었다. 사람들은 처벌을 바라는 자신들의 의견을 종이에 적어 거리에 뿌리기도 했다.

속보는 김 판서 반대편에 선 대신들에 의해 구중궁궐 임금의 손에도 전해졌다. 임금은 크게 분노했고, 김 판서와 그 일당을 잡아들이라는 명을 내렸다. 또한 김 판서의 권력을 등에 업고 기별청에 압력을 행사한 권세가들까지 모조리 잡아들이라 했다. 이후 관련된 자들은 모두 붙잡혀 그에 합당한 벌을 받았다. 삭탈관직이 된 김 판서는 전라도로 유배하라는 명이 떨어졌고, 김완용은 옥에 갇히는 신세가 되었다.

"아버지!"

포도청 앞에서 기다리고 있던 결은 풀려나온 이필선을 보자 달려갔다. 안승우도 함께 나왔다. 이필선은 얼굴이 많이 상했지만 감격스러운 표정이다. 비척거리며 딸을 맞이한 이필선은 눈물을 흘리며 결을 꼭 안아 주었다. 아버지의 뜨거운 숨결이 결에게 그대로 전달되었다. 아무 말 하지 않아도 아버지의 수많은 말이 들리는 듯했다. 울음이 꾸르륵 목울대를 치며 올라왔다. 그간의 힘들었던 일과 위기의 순간이 주마등처럼 지나갔다. 할아버지도 생각났다. 결은 어깨를 몇 번 들썩이더니 급기야 펑펑 눈물을 쏟았다. 같이 간 덕배도 한쪽에서 울고, 안승우도 돌아선 채 눈물을 흘렸다. 네 사람은 아무 말 없이 한동안 서 있었다. 그렇게 서로에게 많은 이야기를 하고 있었다.

이 일이 있고 난 후 조정에서는 승정원과 기별청에 권한을 더욱 강력하게 부여했다. 그러면서 누구라도 조보를 조작하면 엄하게 벌하겠다고 공표했다. 조보를 조작하는 일은 나라의 근간을 흔드는 일이기 때문이다. 그리고 조보에 새로운 난을 만들어 백성들이 억울한 일이나 특별히 희망하는 일이 있을 때 발언할 수 있도록 했다.

이필선은 다시 기별청에서 일하게 되었고, 기별청의 분위기도 예전처럼 좋아졌다. 이필선은 더 꼼꼼하게 모든 기사를 점검했고, 새로 만들어진 난도 잘 활용하게 했다. 혹여 청탁이라도 받고 글을 골라 싣지 않는지 세세하게 살폈다.

"안 서리가 나중에라도 임시 서리를 쓰게 되면 너를 제일 먼저 추천하겠다고 그러더구나."

퇴청한 이필선이 웃으면서 말했다. 아버지 말에 결은 얼굴이 붉어졌다. 자기 방으로 들어온 결은 함박웃음을 지었다. 자신을 챙겨 주는 선배의 마음이 전해졌다.

"누나!"

담이 종이를 들고 방으로 들어왔다.

"우리 집 조보 다시 만들자고 했잖아. 어서 만들어 보자."

"애고, 요 녀석아. 조보는 무조건 만드는 게 아니란다. 조보로 만들 만한 기삿거리부터 찾아야지."

결은 동생의 양 볼을 잡고 말했다.

"자, 앞으로 시간을 사흘 줄 테니 우리 집 조보에 실을 기사를 찾아오도록."

"에이, 또 숙제야?"

담이 뾰루퉁한 얼굴로 밖으로 나가 버렸다.

"덕배야!"

결은 덕배네 마당으로 들어서며 덕배를 찾았다. 뒷마당에서 장
작을 패고 있던 덕배는 결이 다급하게 부르는 소리에 뛰어나왔다.

"무슨 일이야?"

결은 덕배를 보자마자 끌어안으며 방방 뛰었다. 덕배는 영문을
몰라 어리둥절한 채 같이 뛰었다.

"왜? 왜 그러는데? 무슨 좋은 일 있어?"

"드디어 승인을 받았대."

"뭘?"

"조보를 민간에서 인쇄해 배포할 수 있게 됐어. 그러면 더 많은
사람이 볼 수 있을 거야."

이번에 만든 속보를 보면서 백성들은 앞으로도 조보가 이렇게
활자로 인쇄되어 나오기를 바랐다. 훨씬 읽기도 좋고 더 많은 사
람이 볼 수 있다며 조보에 새로 마련된 난에 의견을 올린 것이다.
그래서 이필선과 안승우가 나섰다. 의정부에 민간 조보를 승인해
줄 것을 요구했고, 대신들은 의논 끝에 허락했다. 인쇄 조보가 나
오면 사서 보는 사람들이 많아지니 일자리도 생기고 수익도 나게

된다. 관에서는 허락하지 않을 이유가 없었다.

"정말이야?"

결이 간절히 바라던 일임을 알고 있는 덕배도 박수를 치며 좋아했다.

"민간 조보가 발행되면 꼭 기사를 써 보고 싶어. 사람들이 하루를 힘차게 시작할 수 있게 기운 나는 기사를 취재해서 말이야."

"넌 잘할 거야."

덕배가 활짝 웃으며 말했다.

"너도 인쇄소에서 계속 일할 수 있을지도 몰라."

"그렇게 되면 우리 집 빚도 빨리 갚을 수 있을 텐데."

덕배는 어머니를 도울 수 있겠다는 희망에 가슴이 벅차올랐다.

"결아, 나 앞으로 글 더 열심히 배울 거야."

덕배는 이번 일을 통해서 글에 관해 다시 한번 생각해 보게 되었다. 사람들의 반응을 지켜보면서 글이 가지고 있는 힘을 느꼈기 때문이다.

"그래, 열심히 공부해서 조보도 읽고 네가 좋아하는 화초에 관한 기록도 남기고. 참, 민간 조보에 실어도 좋겠다. 화초에 담긴 이야기를 소개하면 정말 멋진 소식이 될 거야."

"내가 정말 그렇게 할 수 있을까?"

"그럼, 할 수 있고말고. 넌 충분히 할 수 있어."

결이 엄지를 세워 보이며 격려하자 덕배가 환하게 웃었다. 덕배는 결에 대해 늘 믿고 지지한다. 그러나 결 또한 자신을 그렇게 생각하는지 확신이 들지 않았다. 자신은 결보다 여러모로 부족하다고 생각해 왔다. 그런데 지금은 결이 자신을 믿어 주고 응원하고 있다는 확신이 든다. 그런 결이 고맙고 든든하다.

"결아!"

"응?"

"산책하러 갈래? 뭐 줄 것도 있고……."

결은 궁금했지만, 묻지 않고 고개를 끄덕였다.

오랜만에 와 보는 개천 둔덕에는 온갖 꽃들이 피어 있었다. 뒷산으로 올라가는 길 쪽으로는 강아지풀이 수북했다. 여지없이 햇살은 따스하고 물은 맑기만 하다.

결이 자리를 잡고 앉자 덕배도 그 옆에 앉았다.

"내 진짜 이름이 무명인 거 어떻게 알았어?"

덕배는 갑작스러운 질문에 쉽게 입이 떨어지지 않았다.

"너도 알고 있었구나……. 너희 어머니가 우리 어머니한테 하시는 말씀을 우연히 듣게 됐어."

"왜 나한테 말 안 했어?"

"네가 들어서 좋은 이야기는 아닌 것 같아서……."

"그런데 왜 그걸 써 달라고 했어? 네가 뭐 하게?"

덕배가 주머니에서 뭔가를 꺼내 내밀었다. 지난번에 덕배가 가지고 있던 그 붉은 댕기다.

"이건…… 그때 네가 산 댕기 아냐?"

"맞아."

"이걸 왜?"

결은 댕기를 뒤집어 보았다. 글자가 쓰여 있다.

결(무명無名)

"내 이름이 왜……?"

결이 써 준 글자를 그대로 따라 옮겨 쓴 글씨였다. 비뚤배뚤한 글씨지만 정성이 느껴진다.

"그냥 오랜 친구로서 정표 하나는 주고 싶어서 써 본 거야."

덕배가 씩 웃으며 말했다. 진작 주려고 했지만 결이 앞에 안승우가 나타나고, 그를 좋아하는 결을 보면서 차마 주지 못했다. 결을 좋아하지만 결의 마음을 존중해 주고 싶었다. 혹여 부담스러워하고 자신을 멀리할까 봐 주저했다. 하지만 전하지 않은 진심은 자기 것이 아니라는 생각에 용기를 냈다.

"이상한 생각 하지 마라. 그냥 친구한테 주는 거니."

"누가 뭐래?"

댕기를 빤히 들여다보던 결이 픽 웃으며 말했다.

"덕배 너, 글씨 연습 더 해야겠다. 이게 그림도 아니고."

"너한테 글 배우기 전에 따라 써서 그래. 다음엔 더 잘 써서 줄게. 지금 열심히 배우고 있잖아."

"굳이 무명이라는 이름까지 쓸 건 뭐야."

결이 댕기를 머리에 묶으면서 말했다. 그 모습을 바라보던 덕배는 마치 결이 자기 마음을 받아 주기라도 한 것처럼 좋았다.

"다 네 이름이니까. 네 이름이 뭐든 난 좋아. 넌 그냥 너니까."

결은 미소를 지으며 개천을 바라보았다. 굽이지고 어수선한 가운데 꿋꿋하게 제 갈 길 가는 저 물줄기의 끝은 어디일까? 분명 함께 어우러져 더 큰 물줄기를 이루는 넓은 세상이겠지. 그래, 나도 저 물줄기처럼 내 길을 걸어갈 거야. 힘 있고 진실한 기사를 쓰는 사람이 되어 넓은 세상으로 나아갈 거야.

바람이 불어오자 잔잔하게 흐르던 개천의 물결이 출렁였다. 둔덕의 활짝 핀 꽃잎들이 바람을 타고 화라락 흩날렸다. 세상이 온통 꽃빛이다.

"덕배야!"

"응?"

"늘 이런 꽃날이면 좋겠다……."

"우리가 만들면 되지."

덕배와 결의 머리 위로 꽃잎들이 사뿐사뿐 내려앉았다.

민간 인쇄 조보, 실제 역사에서는 어땠을까?

조보란?

조선 시대 조정에서 배포한 일종의 신문이다. 왕의 명령, 새로 정해진 조정의 정책, 관리의 인사이동, 관리나 유생이 올린 상소와 그에 대한 왕의 답변 등을 담았다. 승정원에서 그날 전할 소식을 선별해 내놓으면 '기별 서리'들이 이를 손으로 적어 옮겼는데, 이 필사본이 바로 '조보朝報'다. "조보는 예로부터 있는 것"이라는 《중종실록》의 기록에 따르면 조보는 조선 시대 이전부터 있어 온 것으로 본다.

민간 인쇄 조보의 발행과 폐간

조선 선조 때, 기별 서리의 필사로만 유통되던 조보를 활자로 인쇄해서 판매했다는 기록이 《선조수정실록》에 남아 있다. 민간에서 정부의 허락을 받고 인쇄한 '민간 인쇄 조보'를 판매하자 많은 이들이 편리하게 여겼으나, 석 달 뒤 이 사실을 안 선조가 분노해 관련자들을 처벌했다. 의정부와 사헌부 관리들이 선조에게 보고하지 않고 허가해 준 결과였다. 민간 인쇄 조보는 백여 일만에 폐간되었지만 세계 최초의 활자 일간 신문으로 알려진 독일의 〈아인코멘데 자이퉁Einkommende Zeitungen〉보다 73년이나 앞선 1577년에 발행되었다. 그렇기에 민간 인쇄 조보의 의의를 알리고 연구하는 활동이 최근 활발하게 전개되고 있다.

작가의 말
기필코 빛이 되어 세상을 밝히는 진실

나는 '사름'이라는 우리말을 좋아한다. 모판에서 논에 옮겨 심은 어린모는 사오 일이 지나야 완전히 뿌리를 내리고 생기를 띠게 된다. 이런 과정을 사름이라고 하는데, 뿌리를 내리기 위해 안간힘을 썼을 어린모를 보면 나와 만났던 청소년들이 떠오른다. 세상에 제대로 뿌리 내리기 위해 고민하고 방황하는 청소년들이 이 '어린 벼'와 같고, 살아 내기 위해 온 힘을 다해 흙을 붙잡고 일어서는 사름의 과정이 청소년 시기와 같기 때문이다.

청소년은 학교, 가정, 사회라는 유기적인 구조 속에서 생각하고 판단하는 능력을 키워 간다. 단순히 보고 배우는 데 그치지 않고, 자신의 가치관에 따른 평가를 통해 세상에 목소리를 내도록 교육받는다. 이들에게 세상을 보는 객관적인 시선을 갖게 하려면 무엇보다 세상이 그만큼 진실해야 한다.

진실한 세상, 열린 세상을 만들기 위해서는 언론의 역할이 중요하다. 언론의 생명은 진실 보도이다. 언론이 부분적 사실만을 명시한 채 전체적 진실을 왜곡한다면 그것은 더 이상 언론이 아니라 위험한 소문일 뿐이다. 민주주의 국가의 기본적인 힘은 국민이기에 국민의 생각과 판단은 매우 중요하다. 그러므로 그들의 생각과 판단이 제대로 설 수 있도록 언론은 사실과 진실에 근거하여 보도해야 한다. 나아가 언론은 정부를 비롯한 권력 집단의 감시자 역할을 해야 한다. 이를 제대로 수행하지 못하면 오히려 권력의 하수인 노릇을 하게 된다.

언론 가운데 대표적인 매체가 신문이다. 조선 시대에도 지금의 신문 역할을 하는 '조보'가 있었다. 나는 이 작품을 통해 조선 시대에도 지금과 같은 언론이 있었고, 오늘날과 같은 언론 탄압 또한 있었음에도 진실 보도를 위해 목숨을 걸었던 사람들의 이야기를 담아 내고 싶었다. 옳지 못한 세상 앞에서 당당하게 자신의 생각과 판단으로 진실을 드러내고자 노력한 결을 통해 청소년 시기는 단순히 아이에서 어른으로 성장하는 생물학적 과정이 아니라 그 시기에 할 수 있는 생각과 행동이 있음을 보여 주고 싶었다.

오늘날처럼 매체가 다양하지 않았던 시절에는 조보가 유일한 소식지였던 만큼 진실된 보도가 더욱 필요했을 것이다. 조보 필사에 동참하고 그 과정에서 보고 들으며 나름의 가치관을 세워 나가는 주인공 결을 보면서, 청소년 독자들이 자신의 방향을 찾아 고민해 보는 계기가 되면 좋겠다. 나아가 아름다운 세상을 위해서는 자유와 민주주의 정신이 억압받지 않고, 권력자들로부터 휘둘리지 않아야 된다는 사실도 잊지 않기를 바란다.

내 가족과 이웃이 살아갈 좋은 세상을 위해 용기 있게 한 걸음 더 내딛는 모습, 달라질 게 없을 거라는 주위 사람들의 마음을 되돌리는 강단 있는 주인공 결의 앞날을 함께 응원해 주면 좋겠다. 진실을 향한 노력은 기필코 빛이 되어 세상을 밝히리라.

삼백십오 도의 눈을 생각하며
안오일

오늘의
청소년
문학
36

다른 포스트

뉴스레터 구독신청

조보, 백성을 깨우다

초판 1쇄   2022년 8월 22일
초판 2쇄   2023년 4월 7일

지은이   안오일
펴낸이   김한청
기획편집   원경은 차언조 양희우 유자영 김병수 장주희
마케팅   현승원
디자인   이성아 박다애
운영   최원준 설채린

펴낸곳 도서출판 다른
출판등록 2004년 9월 2일 제2013-000194호
주소 서울시 마포구 양화로 64 서교제일빌딩 902호
전화 02-3143-6478 팩스 02-3143-6479 이메일 khc15968@hanmail.net
블로그 blog.naver.com/darun_pub 인스타그램 @darunpublishers

ISBN 979-11-5633-493-4 44810
      978-89-92711-57-9 (세트)

다른 생각이
다른 세상을 만듭니다